趣味新西兰

张志雄 著

上海文化出版社

序

　　1991 年，我进入上海证券交易所工作，在《上海证券报》供职。证券类报刊最重要的办刊宗旨是引导股民理性投资和开拓市场。我怀抱文学编辑梦，却开始写市场评论和报道，进行功利性的写作，读书也读功利的书。这对我真正的读书生活来说是很大的消耗。直到 2006 年，我终于有足够多的时间和精力来弥补遗憾，开始疯狂读书；同时继续坚持写作训练，以锻炼自由表达能力、思维以及四十岁之后明显衰退的记忆力。

　　2009 年的一天，我坐在家里赏花喝茶，突然之间感到万分失落。"读万卷书，行万里路"，这句话不能分开讲。记得在我小的时候，上海人总喜欢说的一句话就是"开眼界"，意思是说多出去走走，看看世界。

　　此后，我开始把"走读"当成事业来做。这么多年来，我与朋友们结伴，已经深度游览了三十多个国家，包括法国、德国、意大利、日本、埃及、印度、尼泊尔，其中有的国家去了多次。我在旅行中观察和探索，把自己的见闻和思考记录下来，以游记的形式在网络平台上分享，后来又将这些文章陆续结集出版，并有幸受到读者喜爱。

　　走读于我而言是一场顽强的时空之旅，这个过程没有终点，而我乐此不疲。我去感受不同国家和地区的文化，探寻其起源和精髓，得到一些答案，又带着疑问再次出发。据说持续不断地学习，大脑机能自然会发生变化，也许这正是我能保持年轻状态的原因。至少，我的眼光变得很不一样了，这得益于多年走读经验带来的知识和鉴赏力的积累。

　　每完成一部"志雄走读"系列作品，我心中都充满了自信和再次出发的喜悦。时至今日，我写"志雄走读"系列已有十年。我自认为它们不仅仅是旅游书。如读者所见，这些书并不具有旅游指南的统一模式，这是因为书的内容和风格由我个人的乐趣主导。《安达卢西亚的雨巷》描述的是在西班牙的感观之旅，主要写建筑和美食，还有文化变迁的痕迹；《北欧彩虹》写得很快，正如人们总把北欧与"极简"概念联系起来，与西班牙的激情四射相比，北欧之行则有点"清淡"，却也有万千气象；《趣味新西兰》里既有这个"长白云之乡"的自然景致，也有它的人文景观，此外，对于喜爱冒险的人来说，它还是一个天然的游乐场。

我想表达的是，我们也许无法移居到称心如意的地方，但我们可以通过不断的走读来满足自己的一部分心愿。

最后感谢上海文化出版社领导以及各位编辑的热情帮助和支持，能让这三本书送到读者的手中。

张志雄

2022 年 1 月 11 日

目 录

CONTENTS

第一章

发现新西兰

1

1768年，英国政府委派库克船长前往太平洋进行科学考察。库克出身贫寒，但勤奋努力，当过商船水手，后加入英国海军，在29岁那年就升任舰长，其出色的领航能力和地图测绘水平获得同行的高度评价。

库克搭乘的"奋进"号改装自一艘运煤船，载着包括天文学家、植物学家、风景画家和自然生态专家在内的人员近百名，其中最有名的是花花公子、科学事业赞助人、植物学家约瑟夫·班克斯（Joseph Banks），他是贵族，后来任英国皇家学会会长长达40年。

"奋进"号从英国向西航行，横渡大西洋，到达南美洲，再沿着巴西的海岸向南行驶，绕过南美洲最南端的合恩角，由此进入南太平洋。

8个月后，1769年4月，"奋进"号抵达太平洋塔希提岛（Tahiti）。

我年轻时知道塔希提是因为梵高的朋友保罗·高更。如果没有梵高，高更会成为后印象画派中最富有戏剧性的人物。高更原来是股票经纪人，后来为了埋头练习绘画，离开家人，长期居住在塔希提，形成了自己独特的画风。英国作家毛姆曾以高更的经历为题材写了《月亮与六便士》，很好看。高更的作品如今被各大博物馆收藏。2015年2月8日，也就是我开始漫游新西兰几天之后，其代表作《你何时结婚》被拍出3亿美元，在当时创下了艺术品最高成交价格纪录，据说最终由卡塔尔买家购得。这幅作品的主角是塔希提的两名女子。

现在塔希提已经成为巴厘岛那样的旅游胜地，游客们纷纷在网上分享各种如梦如幻的照片。

库克船长来到塔希提前，极少有人知道这个地方。

不过，早在1767年6月，英国海军军舰"海豚"号就已经来到塔希提。船员们在这里待了很久，经历了各种奇遇，据说还遇到了传说中的塔希提女王欧巴莉娅（Oberea），她被英国海军人员塑造成了浪漫多情的迷人女子，最后，当"海豚"号不得不离开时，她放声大哭，凄美无比。

还有一个人物是女王欧巴莉娅的情人、足智多谋的祭司图帕伊亚（Tupaia），他极擅长与外人打交道，给英国人留下了很深的印象。

詹姆斯·库克
（1728—1779 年）

人称库克船长（Captain Cook），是英国皇家海军军官、航海家、探险家和制图师。他曾经三度奉命出海，前往太平洋考察，带领船员成为首批登陆澳洲东岸和夏威夷群岛的欧洲人，也创下欧洲船只首次环绕新西兰航行的纪录。

2

"海豚"号回到英国后不久，"奋进"号就出发了。船上的不少生力军正是来自"海豚"号，他们自然把塔希提列为首站，然后完成"海豚"号未竟的事业——往太平洋深处寻找辽阔的南方大陆。欧洲人很早就有一种观点，既然北方有欧亚大陆，南方也应该有相应的大陆，否则地球不平衡，早就翻啦。

虽然"海豚"号离开塔希提的时间并不长，可当地已经发生了翻天覆地的变化。原来塔希提并不是一个统一的社会，它被各个酋长部落所分割，欧巴莉娅只不过是其中比较强势的一方而已。她和图帕伊亚积极与英国人建立关系，图谋借他们的洋枪洋炮来威慑其他竞争对手。没想到英国人没过多久就离开了。

英国人走后，女王想继续吞并其他部落，可她不听图帕伊亚的建议，没有暗杀那位最有实力的酋长。后来，那位酋长先下手为强，反而联合其他酋长，消灭了欧巴莉娅的势力，欧巴莉娅不得不躲到荒僻处。

库克于 1769 年到达塔希提，完成了观测"金星凌日"现象的任务（英国天文学家哈雷曾提出：分别在两个可观测此现象的地点进行观测，将数据记录下来，由此便可以计算出太阳与地球之间的距离）。库克船长于同年 7 月离开塔希提，准备前去寻找"南方大陆"。

他走的时候把图帕伊亚也带上了，后者得罪了当权的酋长，继续待在塔希提恐怕凶多吉少，还不如冒险与英国人合作，寻找出路。

3

库克船长被称为"太平洋之王"，是在他经历了三次太平洋之旅后。在那之前，图帕伊亚才是"太平洋之王"。据传，他熟悉塔希提附近 4000 公里范围内的岛屿地形与航道，这都是当时的欧洲人所不熟悉的。如果库克船长能够先放下寻找南方大陆的念头，让图帕伊亚领航，也许会有丰富的地理大发现。

可惜库克是个严格服从海军部指令的船长。他老老实实地执行原计划，指挥"奋进"号朝着图帕伊亚也不熟悉的陌生海域驶去。

1769年10月，"奋进"号来到新西兰的海滩。

库克船长知道，他们并不是首批来到新西兰的欧洲人。他在船长日记里写道："这个地区的西部海岸有一部分是（荷兰人）埃布尔·塔斯曼在1642年最先发现的，他把这里称作'新西兰'。但他从未在这里登陆，在他第一个抛锚停船的地方，土著人就杀死了他手下的三四个人，他也许是被吓住了。"（《库克船长日记："努力"号于1768—1711年的航行》，商务印书馆，2013年）

1769年10月9日的下午，库克带着几人乘小艇登陆。停在小河入口处的舰载艇则遭到土著人的破坏，艇上的舵手开枪射中了一名土著。

第二天早晨，库克再次登岸，看到土著人的的战舞后又退回艇上。库克带着图帕伊亚等人重新走到河边，图帕伊亚用自己的语言和土著人交流，令人惊讶的是，他们能听懂他的话。英国人给每个土著人都送了礼物，但他们想要英国人的武器。结果是，又有一名土著中枪身亡，还有三人受了伤。

库克是这样描述新西兰的：

这个地区，在我们之前一直被认为是想象中的南方大陆的一部分，而实际上它是由两个大岛组成的，两岛之间隔着一条宽约4.5里格的海峡。

……

船上所有的人都认为，欧洲所有的谷物、水果、植物等在这儿肯定都会长得很好，总之，如果勤快的人到这里定居的话，他们不仅很快就能自给自足，还可以过上奢华的生活。外海海湾及河里有种类极多的鱼，绝大多数是英国人不认识的。还有龙虾，所有吃过的人都说是最好吃的，牡蛎以及其他贝类海产也都是同类中最棒的。海鸟和水鸟，不管什么种类，数量都不是很多，欧洲人认识的有鸭子、鸬鹚、塘鹅、海鸥，这些我们都吃过，味道极好，简直无可挑剔，没有比这更好吃的了。

这个地方没什么兽类动物，除了狗和老鼠，狗是家养的，和人生活在一起，而人们繁殖和饲养这种动物的唯一目的就是吃它们的肉。老鼠少得可怜，不仅我自己没看到过，就连我们船上所有的人都没看见过一只。

4

1770年4月，"奋进"号抵达澳大利亚东海岸。库克船长运气很好，在此之前，已有三个欧洲探险家到过澳洲的北、南、西三边，而东海岸是资源最丰富、最适合人类居住的地方。

图帕伊亚无法再用语言跟当地的土著人沟通，他们的生活似乎比塔希提人与毛利人更加原始，也不擅长跟英国人交易。但图帕伊亚还是找到了交流的办法。

1770年11月11日，图帕伊亚在巴达维亚因坏血病去世。

1771年，"奋进"号回到伦敦，44岁的库克受到了热烈欢迎。1772年7月，库克第二次出海，这一次带了两艘船，于1773年1月进入南极圈，然后掉转船头，继续向东，再次来到新西兰。1774年，库克船长离开新西兰，途中路过塔希提岛。1775年7月，库克回到英国。他在这次航行中为英国发现了许多新的海岛，带回了许多亲手绘制的太平洋岛屿地图，当选为皇家学会的会员。

1776年7月，库克船长受英国政府委派，去考察大西洋和太平洋之间是不是有一条海路相通。8个月后，他第三次来到新西兰，发现图帕伊亚已经成为毛利人神话中的元素。毛利人知道了图帕伊亚的死讯，想知道他是不是自然死亡的。他们显然怀疑图帕伊亚遭到了背叛与谋杀——也许是有人嫉妒他。对于许多毛利人来讲，"奋进"号就是"图帕伊亚的船"，而最高领袖应该是图帕伊亚，而非库克。

库克向北航行至塔希提，然后发现了夏威夷群岛。

库克到了北极圈后，因多次尝试仍无法继续北上，决定折返夏威夷休整。

1779年1月，库克船长回到了夏威夷。

2月14日，有当地人偷了英国船上的东西。库克一改往常谨慎的态度，怒气冲冲地上岸兴师问罪，结果不幸丧命。

第二章

基督城和西海岸

1

大洋洲内，澳大利亚是大陆，巴布亚新几内亚和新西兰等则由岛屿组成。新西兰的国土面积比英国大 10% 左右，但新西兰人口只有 500 多万，英国人口却有 6000 多万。新西兰主要由北岛和南岛组成，南岛比北岛稍大，风景也雄奇得多。游人如果只有 10 天左右的时间，往往会集中在南岛玩，这样会比较尽兴。

我旅行的第一站选择了南岛最大的城市——基督城（Christchurch），也译作克赖斯特彻奇，叫起来实在别扭。基督城是 1850 年移民过来的英国人有意识规划出来的阶级分明的城市，极具英格兰风格。城市的名字应该来源于其缔造者的母校，即牛津大学基督堂学院。

基督城最大的特色是处处花园，因此被称为"花园城市"。有一位 20 世纪 90 年代初从我国移民新西兰的导游说他最喜欢基督城。他还说，基督城的居民不用缴水费，每天早上把花园的喷洒水龙头打开，下班回家后再关掉。言下之意，基督城居民养护花园的成本很低。我查了一下资料，发现基督城所在的坎特伯雷平原是新西兰最干燥的地区之一；从塔斯曼海吹来的湿润的西风在抵达南岛东部之前，将降水都倾注在了西海岸。看来，基督城居民整天在花园里洒水，也许是迫于无奈，而不是浪费。

可惜的是，我晚来了几年，2010 年和 2011 年的两次地震已把基督城折腾得满目疮痍。2010 年 9 月 4 日凌晨 4 点 35 分，基督城发生了 7.1 级地震，市中心的老建筑普遍遭到破坏，好在伤亡不大。

始料未及的是，2011 年 2 月 22 日中午 12 点 51 分，基督城再次发生 6.3 级地震，持续时间 24 秒。这次地震看上去比上一年的震级轻、持续时间短，可震中距离城市东南仅 10 公里，震源深度仅有 5 公里，所以破坏性更大。基

督城的地标建筑大教堂坍塌，著名的四大街道上的建筑约有四分之一需要拆除。约一半遇难者的死亡是由坎特伯雷电视大楼坍塌导致，其中很多是来自语言学校的学生，包括多名中国留学生。

2011年2月的地震将基督城大教堂63米高的尖塔震垮了，只留下了下半部分。同年6月和12月的两次余震又毁坏了教堂的圆形彩色玻璃花窗。

我在2015年2月去基督城的时候，大教堂仍在一片废墟上，我只能隔着

废墟中的基督城大教堂

铁丝网望向它。

　　据导游称，地震之后，教会从现实角度考虑，希望另觅地址重建大教堂，但基督城的民众认为大教堂是城市的情感象征，不同意这么做，使方案几度改变。

　　对比震前的图像，大教堂周围的建筑也是面目全非，只有 18 米高的金属雕塑"圣杯"（Chalice）幸存了下来，那是 2001 年为庆祝千禧年而建的。

2

1905年，电车开始在基督城行驶，1954年停止运行。1995年2月，通过市议会的评估，电车再度出现在基督城街头，主要服务于旅游观光者。2011年地震后停运了一阵子。2015年春节，我们特意搭乘了一辆。

电车的车体还是1879年至1925年打造的原貌，里里外外维持着最初的样子，木头和金属的柔和光泽闪现着岁月镌刻的痕迹。人在上面，总感到电车摇摇晃晃的，有些要散架的意思。司机是一个老先生，热情地介绍着周围的景物及其历史，一会儿摇摇铃，一会儿踩刹车，很是忙碌。

基督城的电车

据他介绍，电车沿着市中心一条长约2.5公里的环状路线运行，经过教堂广场、伍斯特桥、艺术中心、钟塔、哈格利站、克莱姆广场、赌场、维多利亚广场和新丽晶街。电车行驶了一半多的路程，好像发生了故障，老先生下去摆弄了一下，然后到另一头往回驾驶。他也没作什么解释，回到原地，我们就下车了。大家纷纷感叹还是在外面看看电车就可以了，不必在里面成为别人的风景。

不过，在电车上，我倒是对基督城有了些印象。市中心到处是围起来的工地，很多地方空着，不少建筑被拆除了。要恢复基督城当年的状态，至少需要一代人的时间。我前面提到的导游，他的儿子就在新西兰的一家建筑公司工作，曾参与了基督城的支援建设。现在新西兰人如果要申请加入各大建筑公司，首先要同意去基督城。但当时新西兰总人口不到 500 万，没有太多的人力从事大规模的建设，所以基督城的恢复工作只能慢慢来。

我在当地买到了一本书，里面呈现了基督城震前震后一些街道景物的对比，让我可以一睹当年的风采。其中追忆之桥（Bridge of Remembrance）让我印象深刻，它是贯穿基督城的雅芳河上 38 座桥梁中最美的一座，带有大拱

BRIDGE OF REMEMBRANCE

基督城追忆之桥

门。当年基督城的年轻人就是在这里与父母道别，跨过这座位于卡舍尔大街（Cashel Street）的桥，奔赴第一次世界大战的战场。当士兵们打完仗回到这里，定是无比感伤。

这里曾是新西兰人的心头之痛，因为很多亲人再也没有回来。当时，大约有五分之一的新西兰男人，也就是十分之一的新西兰人为大英帝国而战，他们是一批个子最高、身体最健康的男人。海外服役的 10.1 万人中，约有 1.7 万人战死，伤亡率为 59%，人数超过 5.9 万。

对新西兰人来说，第一次世界大战带给他们的伤痛深重而持久："我们在新西兰比在世界上其他任何国家都更能为《圣经》中的句子'所有的肉身都有如青草，而所有的善举则犹如田野盛开的鲜花'找到理由。"（《新西兰史》，商务印书馆，2009 年）

为纪念在"一战"中牺牲的澳新军团将士，4 月 25 日成为一个纪念日——澳新军团节，"肉身都有如青草"那段话也成了庆典上吟唱的赞歌歌词。在这一天，新西兰人和澳大利亚人都要佩戴战地之花"虞美人"来纪念那些英勇的年轻人；这个典故来源于 1915 年加拿大医生约翰·麦克雷（John McCrae）的诗歌《在佛兰德斯战场上》："在佛兰德斯战场上，虞美人随风飘舞。"

有一个朋友知道我在新西兰，他通过微信告诉我，当地发行了澳新军团的纪念币，很漂亮，值得收藏。可惜我行色匆匆，没时间去当地的邮局购买。回来写这段文字时仍感到些许遗憾，毕竟这是出游新西兰最好的纪念品。

追忆之桥的拱门上列着那些参战士兵的名字。新西兰的各个城镇几乎都有"一战"纪念碑，据统计，一共有 366 个城市纪念碑，上面镌刻着阵亡者的名字。与澳大利亚的纪念碑不同的是，后者对仍然活着的人也加以纪念。

3

我们从基督城 2011 年和 2014 年的对比图中可以清晰地看到追忆之桥损毁得非常严重，目前正在重修中。

由于出生于江南水乡，相比大海，我更爱河流。但看着追忆之桥的惨状，我对桥下流过的雅芳河有些兴味索然。据导游介绍，我们可以坐着方头平底船（英国传统小船），用长杆撑船，看着鲜花烂漫的河滩与两岸的白杨，顺流缓缓而下，游览这个很英国风的城市。

另一幅对比图很有意思。地震之前，卡舍尔大街的城市购物中心是基督城最年轻时尚的地方。震后，这里彻底改变了，人们用五颜六色的集装箱搭建了一个"立体商场"，集装箱开出大窗户，倒也十分别致。商场原本

基督城的建筑

是临时性的，决定于 2013 年 4 月关闭，但由于深受市民的喜爱，似有一直开下去的意思。这倒是别开生面。

基督城艺术中心（Arts Centre）2010 年与 2014 年的对比图让人感到很无奈。这座建于 1870 年的哥特式石造建筑原来是坎特伯雷学院的校舍（一直到 1976 年），后来成为艺术、购物和娱乐等场所，里面有 40 多家画廊、工作室、主题商店以及多家戏院、电影院、餐厅和咖啡厅。从艺术中心的照片上，能看出里面艺术家的创作氛围非常热闹，空间也很美。可我们在地震之后再看，艺术中心已被工地护栏彻底包围，丝毫没有当年的气息。

好在附近的坎特伯雷博物馆（Canterbury Museum）安然无恙，它建于 1867 年，古典厚重。为了满足游客，导游给我们介绍了两件展品：一个是

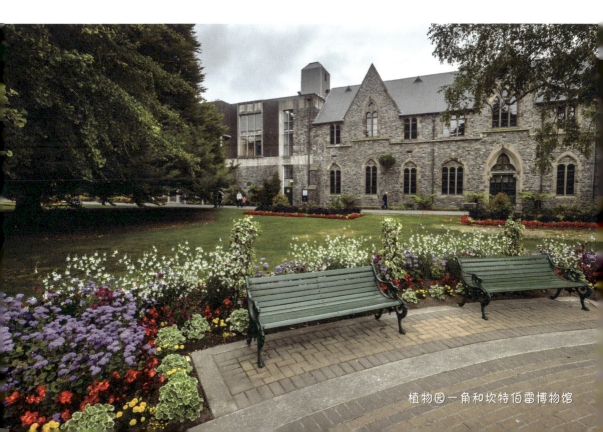

植物园一角和坎特伯雷博物馆

毛利人的大块玉石，另一个是鲍鱼之家。后者是一对老夫妻捐献的，他们花毕生的时间把各种美丽的鲍鱼壳镶嵌在小屋的墙壁上，奇异得很。

坎特伯雷博物馆的藏品其实很多样化，有毛利人的生活遗迹和雕刻工艺品、殖民时期的家具、鸟类标本和南极探险的各种装备（如雪地车）等，老少皆宜。

我们去坎特伯雷博物馆的时候，博物馆正在展出"贩售梦想——早期新西兰观光业艺术"（SELLING THE DREAM——The Art of Early New Zealand Tourism）。我第一次去时只是扫了一眼。走完南岛后，再次来到这个展厅，觉得有点意思。

展品主要是新西兰20世纪的各种旅游宣传图像，其体现的艺术和风格在不同时期有所改变，可宣传的内容或者说卖点与今天相比变化不大。地点无非是库克峰、皇后镇、罗托鲁亚和米尔福德峡湾等，景物则是蓝天、雪山、冰川、湖水、大海、森林、峡湾和间歇泉等，应有尽有，无不在强调新西兰是娱乐的天堂，可滑雪、钓鱼、冲浪、划船、远足、骑马和打猎。

我浏览过的关于新西兰的中文微信平台就有5个，无一例外，它们大力推广的内容也是上述这些。房地产与留学读书可能是新的热点。

4

坎特伯雷博物馆在哈格利公园（Hagley Park）大门的一角，哈格利公园是基督城最大的公园，总面积有165公顷，大约是北京天坛公园的三分之二。它的精彩之处是拥有一个建于1863年的植物园，当时为了纪念维多利亚女王之子威尔士亲王和丹麦亚历山德拉公主的新婚庆典，人们在这里种下了象征英国王室的第一棵英国橡树。

基督城植物园

　　我们的中文导游家住基督城，在他看来，新西兰花匠对具体树种的种植很在行，但整体布局有些杂乱无章。我觉得他可能不熟悉英国式花园的风格，他理想中的花园其实是法国式的，也就是路易十四时代规划分明和几何对称式的格局。而英式花园是随意地模仿自然，看似漫不经心，任意布置，可充满了野趣与生机，不时给我们带来惊喜。据说植物园中的玫瑰涵盖250个品类，看上去确实多姿多彩。

英式花园包容性很强，我看到园里一个池塘的景物完全是日式的，但放在整体环境中亦显得十分协调。

园内知名的皮考克喷泉是基督城著名商人和政治家约翰·皮考克（John Peacock）在1911年去世前捐赠的。喷泉高约3米，上下共分3层，有38个喷口，是世界上最古老的铸铁喷泉。

基督城的植物园是英国式的，里面有各种树的标识和温室，是植物自己的乐园，我们只是参与其中的过客。

植物园餐厅的点心很入味，在草地上喝着下午茶，看着硕大的老树，滋味不错。

基督城的欧拉那野生动物园（Orana Wildlife Park）也是一个很刺激的场所。每天下午两点半有一场"邂逅狮子"的活动，游客被关在笼子里，由汽车拖着与狮子面对面，惊心动魄。在蹦极的发明地，生活平淡的新西兰人总要寻找一些刺激。

5

基督城也是进入南极的门户，因而成为各国探险家探索南极的大本营之一。19世纪初就有探险队经基督城前往南极，雅芳河畔也竖立着一座纪念南极探险家斯科特船长的大理石雕像。罗伯特·斯科特（Robert Falcon Scott）是英国探险队队长，自1880年起积极规划南极之行，到1910年才正式成行，最终在1912年1月17日历经千辛万苦抵达南极点，实现了梦想。不过，他到那儿时才发现挪威探险家罗阿尔德·阿蒙森（Roald Amundsen）比他早33天到达。当他和四位伙伴带着沮丧的心情踏上归途时，粮食短缺和恶劣的气候无情地夺走了全体队员的性命，可谓南极探险史上最凄惨的故事。

斯科特当初是从基督城出发的，因此斯科特的前妻于 1917 年选择在雅芳河畔设立斯科特雕像，纪念这位壮志未酬的悲剧英雄。大地震之后，雕像只剩下了基座。

现在到南极观光，如果从新西兰或澳大利亚坐船，需要行驶1220海里（2259公里）前往南极罗斯海（Ross Sea），时间要25天到30天。眼下最热门的路线是从南美阿根廷的乌斯怀亚（Ushuaia）登船，途经世界上最美的比格尔海峡（Beagle Canal），约60海里（111公里）后，进入德雷克海峡（Drake Passage），向南航行大约600海里（1111公里），经过35到40个小时的航程就可抵达南极半岛最北端周边的海岛，如南设得兰群岛（South Shetland Islands）、企鹅岛或象海豹岛。

我若去南极，会选择后者。

6

我们坐大巴从基督城驶向西海岸的格雷茅斯（Greymouth）。其实除了乘坐大巴或自驾游之外，还可以选择坐 1923 年开通的高山火车，穿越 230 公里长的峡谷，沿途风光极美，是新西兰人推荐的路线。

西海岸从南到北 600 公里，而宽度只有 30 公里左右，南阿尔卑斯山把西海岸与其他地区分开。

这里常年下雨，地貌多样，既有冰川，也有森林、湖泊和野生沙滩。

西海岸是新西兰人迹罕至的地方，历史上主要住的是一批拓荒者，现在最大的城市格雷茅斯也就上万人吧。

从基督城到格雷茅斯的途中，我们看到了城堡山（Castle Hill）的巨石风景区。奇形怪状的巨石突然出现在金黄色的草地上，很是壮观。这地方之所以出名，是因为它是电影《纳尼亚传奇》（*The Chronicles of Narnia*）的拍摄地。新西兰的观光策略与宣传内容的一大变化是开始利用电影宣传国家形象，最著名的是《指环王》《霍比特人》和《纳尼亚传奇》系列电影。新西兰当地的旅游公司也充分利用这个机会，开发了不少有关这些电影的景点。我儿子看过不少此类电影和书籍，对里面出现过的场景简直是如数家珍。

城堡山

7

第二天早晨，我们去了西海岸比较有特色的景点——"薄饼岩"（Rocks Pancake）。顾名思义，此地的岩石层层叠叠，像薄饼一样。这是由于在地震的作用下，经过积淀和分化，石灰岩变成了薄饼岩。我记得在韩国的济州岛看到过类似的现象，可记不清细节了。

《美国国家地理学会旅行家丛书：新西兰》（旅游教育出版社，2010年）解释了薄饼岩等海岸岩石会发出巨大轰鸣声的原因：风洞。

风洞是浸蚀作用的产物，海浪拍击海岸，逐渐粉碎了质地较软的岩石，最终形成了水下洞穴。洞穴顶端一点一点被浸蚀，形成了许多小洞——我们称之为"风洞"。海浪涌入洞穴口，然后从这些小洞漏出来，拍击的海浪带来巨大的压力，从而发出很大的轰鸣声。

我去过的海岸不少，对轰鸣声司空见惯，但第一次了解了什么是"风洞"。

接下来的景点是玉石镇霍基蒂卡（Hokitika）。新西兰的地名主要有两类来源：一是来自英语，如基督城、格雷茅斯、库克峰和达尼丁等；另一类来自毛利语，如霍基蒂卡。早年，毛利人主要居住在气候相对温和的北岛，但少数人还是选择居住在这里，主要是为了采集珍贵的绿玉。绿玉主要用于制作扁斧、棍棒，还有装饰品。

我第一次看到绿玉，就发现它与中国的玉不同。后来知道中国的玉是硬玉，毛利人的玉石是深绿色的软玉。中国玉讲究通透，更轻也更稀有，而毛利人的玉石没什么通透性，这种玉石在霍基蒂卡的河里和西海岸的海滩上都能捡到。

薄饼岩

霍基蒂卡

　　我在新西兰就把中国玉与毛利玉的不同点发到了微信上，马上有朋友开玩笑说可以把在中国不被欣赏的绿玉石头运到新西兰。殊不知毛利人就喜欢南岛的玉石，他们很早就把南岛取名为"TeWaiPounamu"，意思是"绿石水域"。

　　霍基蒂卡是新西兰的玉石制造中心，2010年上海世博会新西兰馆中直径3米的绿玉就来自这里。行走在新西兰，经常会看到商店或博物馆内大块的绿玉石，毕竟是另一种文化的产物，我不是很感兴趣。

　　霍基蒂卡博物馆（Hokitika Museum）位于新古典式的卡内基图书馆（Carnegie Library Building）里。我知道作为慈善家的卡内基捐赠过不少图书馆，没想到在这里也能遇见。

　　霍基蒂卡博物馆内展出了绿石、金子和拓荒者的历史。1864年，成千上万人从澳大利亚的金矿场来到霍基蒂卡淘金，到了1873年，它成为新西兰最大的小镇之一。20世纪时，霍基蒂卡逐渐衰败，即便近年旅游业兴起，人口也就

1000 左右。

曾有位旅行者说霍基蒂卡"很有黑白电影里那种复古的感觉",我回想镇上的景物,觉得这个说法很形象。

我们在另一个淘金小镇罗斯的"帝国饭店"吃了午饭。帝国饭店,名字听上去很大,其实是一家极普通的酒吧兼饭堂,里面的布置很牛仔,让我想

毛利人制作绿玉

到了美国西部的那些小饭馆。饭后，我们在对面的商店里体会了一下淘金的乐趣。每个人都有一个装了水的盆子，然后放入矿石，利用金子比重高的特性，让它与沙子分离。

这时外面下起了大雨，附近虽不至于满目荒凉，但还是让人有点忧郁。我不禁想到了1770年库克船长来到西海岸时的感叹："地球上没有哪个国家比这里更崎岖、更荒凉。"

8

下午，我们来到了弗朗兹·约瑟夫冰川（Franz Josef Glacier）的停车场。韦斯特兰国家公园（Westland Tai Poutini National Park）内有两个冰川，其中一个就是弗朗兹·约瑟夫冰川，另一个是福克斯冰川（Fox Glacier），它们相距只有23公里，可谓姊妹冰川。

新西兰的第一大冰川是长27公里的塔斯曼冰川（Tasman Glacier），第二大冰川是默奇森冰川（Murchison Glacier，18公里），接着是穆勒冰川（Mueller Glacier，13公里），后两个还没有开放游览，它们都在南阿尔卑斯山脉的东边。西海岸的福克斯冰川（13公里）和弗朗兹·约瑟夫冰河（12公里）分别是新西兰第四、第五大冰川。

就像美国黄石公园这类自然风光奇特的地方，关于新西兰尤其是南岛，经常有不少科学解释需要去理解，可这不是一件简单的事情。比如究竟什么是冰川，看上去谁都明白，但你要用科学术语描述一番，可真不容易啊。

我阅读了好多有关冰川的科普文章，仍是不得要领，我只琢磨出一个大致意思：冰川的"冰"是万年或千年雪堆积而成，最底层的是坚硬致密的冰川冰。既然是"川"，就是河，是可以移动的，尽管流速很慢。水往低处走，冰川可以从山坡滑向海洋，也可以滑过平坦的地面，强劲无比的"冰河"甚至可以侵蚀地表形成山谷，如果冰川被困在封闭的山区，就会形成高山湖泊。

我来冰川之前看到的文章都说：数十年来，地球上大部分冰川都在退缩，只有像弗朗兹·约瑟夫和福克斯这样的冰川在往前扩张。这要归功于西海岸充沛的雨量，雪落在冰川广阔的堆积层上，融入 20 米深的冰中，然后涌向陡峭的山谷。1934 年有架飞机失事，在弗朗兹·约瑟夫冰川之上坠毁，6 年半后，它就沉入了冰川的底部。弗朗兹·约瑟夫冰川有 3.5 公里深，这意味着飞机每天下滑 1.5 米。

这是微观地看它们，如果拉长时间看，弗朗兹·约瑟夫冰川与福克斯冰川的移动节奏是：

在 15000 年至 20000 年前，两个冰川连接着大海，接下来的融化使它们向后移动到比现在靠后的地方。14 世纪有一段短暂的冰河期，冰川又向前移动了，1750 年前后移动到了最远距离。但从那以后，它们都一直在重复着后退——前进——后退的循环。（《新西兰》，孤独星球编，中国地图出版社，2014 年，作者仅做细微改动）

9

我所去过的新西兰那些有名的景点几乎都流传着毛利人的传说，其中一个是：一个女孩的爱人从山顶跌落而亡，她伤心的眼泪结成了冰川，所以弗朗兹·约瑟夫冰川被称为"Ka Roimata o Hine Hukatere"——"雪崩女孩之泪"。

当地导游都喜欢说些毛利语单词，我也跟他们学了几句。

这个冰川在 1865 年被一名奥地利的地质学家"发现"，也许是出于尊敬，他用奥地利皇帝约瑟夫的名字给它命名，这位皇帝的皇后就是有名的茜茜公主。

福克斯冰川则得名于时任新西兰总理威廉·福克斯。

与弗朗兹·约瑟夫冰川相比，福克斯冰川规模小且安静，拥有田园风情和开阔的视野。我们不可能同时观赏两个冰川，导游建议去弗朗兹·约瑟夫冰川。他说，这几年两个冰川都在退缩，尤其是福克斯冰川。当天有些雨雾蒙蒙，他从冰川回来的人那里打听到的消息是：这种天气看不清福克斯冰川了。其实，从福克斯冰川停车场去冰面只要半个小时多一点，距离很近。

从停车场到弗朗兹·约瑟夫冰川来回需要2个小时，一路走在山谷中，旁边有一条河，倒也不觉得累。瞭望点离冰川有一段距离，但已被绳索围了起来，避免人们受到冰崩的伤害。2009年，就有两位游客因靠冰川太近，不幸被掉落的冰块击中身亡。

远远看山上的冰川，也许是因为夏天的缘故，总觉得比想象中的稀疏。冰川绿中带灰，或者是灰蓝色，也比想象中缺乏美感。这不仅仅是距离的关系，我们身后就有一块小小的冰川遗迹，也是类似的颜色。仔细看，冰里夹着石灰。既然它在我们身后还能残存，说明这几年弗朗兹·约瑟夫冰川确实退缩得很快。

比较理想的体验约瑟夫冰川和福克斯冰川的方式，第一是坐直升飞机到上面体验。但要考虑天气因素，我们去的那天就不行。所以，你要有从容等待的时间；第二是由专业导游带你在冰川上徒步。

由于靠近西海岸，去两大冰川很方便，而且旁边是温带雨林，世界上仅有阿根廷最南端的摩雷诺冰川也是如此。

福克斯冰川

福克斯冰川

我一直有个疑问，很多资料都说，在气候变暖的情况下，地球上的冰川都在退缩消融，而弗朗兹·约瑟夫冰川与福斯特冰川曾是特例，在向外扩张。所以我在来之前信心满满，以为可以参加徒步游历冰川的活动（因为我知道直升机登冰川经常受气候影响不能成行）。但到了弗朗兹·约瑟夫冰川前面，我发现冰川严重退缩，步行都是个问题。我对此很遗憾。

2014 年 4 月，由于福克斯冰川消退导致河流改道，进入冰川区域的一条常规徒步路线在距冰川几百米处被河流和巨石截断。当地的冰川向导公司因无法带领游客徒步进入冰川而遭受了巨大的商业损失。

如今，游客只能借助直升机进入冰川区域。

在过去 5 年里，福克斯冰川和弗朗兹·约瑟夫冰川消退的面积甚至超过之前 25 年扩张的面积。科学家预计，在很长一段时间内，消退还会持续。

通向弗朗兹·约瑟夫冰川的小径

我们从弗朗兹·约瑟夫冰川南下，到哈斯特（Haast）住宿，此地是个野生区，拥有企鹅栖息地、鸟类栖息地和辽阔的沙滩，被选入新西兰西南部世界遗产区。我一路上观察哈斯特，这地方的风光看似不雄奇，却很舒适自然，如果在这里徒步、钓鱼，应该别有一番滋味。在去哈斯特的途中，我们还看到了布鲁斯湾（Bruce Bay）的木牌标识，它被选为新西兰最受人喜爱的十大海湾之一。2014年，新西兰AATraveller公司在Facebook上面向60万人做了为期4周的调查，布鲁斯湾排名第八位："这里是雨林和大海的交界处，拨开雨林的蜘蛛网，条状的沙滩异常清晰。这里最大的特色是野生动物，游客要随时做好看到企鹅、海滩，甚至鲸鱼的准备。"

我们那天没这等福气，什么都没见到。沙滩上有一种白色透明的卵石，倒是很惹人喜爱，我们捡了一些，虽然明白不能带回国内。

第三章

瓦纳卡、皇后镇和箭镇

1

从哈斯特到瓦纳卡（Wanaka）已是中午，人们向来把瓦纳卡与皇后镇（Queenstown）相提并论：都有一个大湖，背后都是群山。但人们一致认为瓦纳卡比皇后镇安静，人口才 2000 多，较少商业化。瓦纳卡湖（Lake Wanaka）是南岛的第三大湖，皇后镇的瓦卡蒂普湖（Lake Wakatipu）是第二大湖。瓦纳卡湖的中央有一棵孤树，摄影师喜欢在各个季节从各个角度拍摄它，是著名的地标，有人甚至认为它是世界上出镜率最高的树。我曾看过介绍，可到了湖边却忘了欣赏。回到上海，只能在买来的图册上看看。

我们在湖边的一家意大利餐厅吃了午饭，大树下，小桥旁，虽是夏季，户外却并不炎热。

瓦纳卡两公里外是有名的迷幻世界（The Puzzling World），游人都会去玩。迷幻世界的门口是几间东倒西歪的彩色小房子，最醒目的是倾斜 53 度的彩色塔楼——"瓦纳卡的比萨斜塔"。

迷幻世界里最复杂的是 1.5 公里长的大迷宫，有两层结构。不像其他几分钟或最多十几分钟就可以走出来的迷宫，迷幻世界的迷宫可不容易走，大概需要 2 个小时。当然，你实在走不出迷宫，可以通过直接通道"逃生"。

除了迷宫，迷幻世界还集齐了世界上各种有关幻觉的把戏，特别适合孩子玩。

除了正常的洗手间，迷幻世界还设计了一个有空间深度的罗马式公共洗手间，如果有人坐在前面的凳子上拍照，看起来就像和罗马人一起在蹲马桶。

我在以色列该撒利亚的考古公园里看到过罗马式的公共洗手间遗址，人坐在上面，底下有流水冲刷

罗马式公共洗手间

水果镇克伦威尔

迷幻世界门口东倒西歪的小房子

污秽。不过，它不像迷幻世界的厕所那么华丽。

前往皇后镇的路上，我们还在南岛著名的水果镇克伦威尔（Cromwell）的琼斯太太水果店（Mrs. Jones Fruit Stall）买了一些黄樱桃，但有些偏熟了。

这家店的水果冰淇淋味道很好，我的儿子和太太赞不绝口。

让我比较吃惊的是琼斯太太水果店旁美轮美奂的英式花园，它的设计与花的鲜艳程度不亚于基督城的玫瑰园，我将美景放在微信朋友圈里与大家分享，很多人询问这是哪儿。新西兰英式花园之美可想而知。

新西兰有几个地方可以游览英式花园，遗憾的是，我们行色匆匆，没来得及观赏。

2

到达皇后镇之前，大家都会去郊外的卡瓦劳大桥（Kawarau Bridge）瞧瞧。1986 年，新西兰人哈克特（AJ Hackett）从南太平洋岛民的身上获得了灵感；那些岛民会通过跳下高台来完成成人礼。1987 年，哈克特在法国埃菲尔铁塔历史性地一跳，让世界知道了有蹦极这回事。1988 年，哈克特和另一位运动员合开了哈克特蹦极公司，并在卡瓦劳大桥进行商业推广。没想到一炮打响，蹦极风靡世界。

卡瓦劳大桥的高度为 43 米，并不算高，下面是河水，绿水青山，环境优美，是蹦极的理想场所。这里平均每天有 120 到 150 人蹦极，最多的一天有 250 人。20 年来，已有上百万人在这里蹦极，尚未发生过事故。

在桥上，工作人员先为蹦极者称体重，挑选合适的弹簧绳，拴住小腿和腰，保证万无一失。蹦极者跳下去，可以选择触水或不触水，上下弹跳，最后由橡皮筏将人接走。

蹦极者的感受各不一样：有的人认为跳下去的瞬间最害怕；有的人说跳下去不害怕，接下来的弹跳才吓人；有的人索性临阵脱逃，当然费用是不退的。我遇见了一个刚结束南极旅行的中国旅行团，其中有一对 30 多岁的夫妇先后跳了下去。先跳的太太告诉我，本来准备让儿子也跳，可惜他 10 岁不到（蹦极规定最小的年龄是 10 岁）。旅行团中还有一个老者精神抖擞地选择蹦极，年龄是 70 岁（65 岁以上的老人可免票）。历史上年龄最大的蹦极者是 94 岁。

皇后镇郊外高 134 米、自由落体时间 8.5 秒的内维斯蹦极（新西兰最高，世界第 14 位）和市区高山顶 400 米的峭壁高空蹦极（实际距离 47 米）也是由哈克特蹦极公司开发的项目。峭壁高空蹦极营业至晚上 9 点，游人可以玩夜间蹦极、旋转、前空翻、后空翻和俯冲，全程达两个小时。

哈克特还推出了世界最高的峡谷秋千，高达 70 米，在 300 米宽（即三个橄榄球场大小）的峡谷中晃荡，要的就是"体验最大限度的肾上腺素分泌"。它其实是蹦极和高空秋千的组合。

人和人真的不一样，我们全家没有一个人有蹦极的胆子，这种冒险基因一定深藏在蹦极者家族中。

3

皇后镇是个娱乐冒险之都，我从镇上的旅行社那里收集了大量的项目推介资料。如：

一、双人滑翔伞或滑翔翼：由飞行教练带你从黄冠峰起飞滑翔，全程摄像跟拍。

二、高山观景飞行：直升飞机游览包括船长峡谷（Skippers Canyon）和皇后镇盆地在内的高山景观，如果雪况良好，可以降落在白雪覆盖的山峰上（时间 30 分钟）。

三、冰川探索飞行：直升飞机向西飞越皇后镇盆地和天堂谷，进入阿斯帕林山国家公园，随后会降落在福布斯山脉群的冰川上（时间 50 分钟）。

四、双人高空跳伞：游人和跳伞教练一起跳出机舱门，跃入空气稀薄的空中，以每小时 200 公里的终极速度完成大约 60 秒的自由下落！高空跳伞过程中，教练会展开并控制降落伞，确保和你一同安全着陆。

五、四驱摩托车探险之旅：纵览皇后镇最令人叹为观止的自然景观，全自动的全地形四驱摩托车完全无须换档，身为驾驶员的你只需尽情欣赏沿途风光。

六、原生态高空滑索：位于鲍勃峰的原生态高空滑索沿山坡一路俯冲而下，载着游客感受壮美的风光和极速的快感。

七、日出热气球飞行：热气球飞翔在皇后镇和箭镇（Arrow Town）之间的山谷中，缓缓升至 6000 英尺（1828.8 米）的高空。

这种高空跳伞其实是一种极限运动。在传统跳伞中降落伞应该在人跳下后的几秒钟内打开，60 秒自由落体运动则完全靠教练控制降落伞，当然这样更刺激。

我的一位朋友到了皇后镇就参加了高空跳伞，他们的女儿也跳了，拍摄出来的照片确实震撼人心。

那位为跳伞人拍照的摄影师也不容易，他需要将相机安装在他的头套上，到了空中，通过嘴巴轻咬来控制快门键，同时还要手拿摄影机，记录跳伞者的动态和静态的影像。

除了 4500 米的高空跳伞，还有 3600 米和 2700 米，自由落体时间分别是

卡瓦劳大桥蹦极

45 秒和 25 秒。

高空跳伞的广告语也挺有意思："拥抱恐惧。"

自由落体的 60 秒，人以 200 公里的时速往地面俯冲，心中的恐惧被耳边阵阵强劲的风声给盖过。在空中，呼吸困难、双眼飙泪，整张脸扭曲变形，身体仿佛要被撕裂，却又没有什么痛楚，一种灵魂出窍似的奇异感觉慢慢浮现。

人随着风力在空中快速打转，但旋转的力度及幅度逐渐变小，最后停止。此刻才能从容地从高空欣赏四周的壮丽景致，白雪皑皑的群山环绕着宝石般的瓦纳卡湖。攸然之间，世界变得非常宁静。

4

我们花了半天时间，乘坐普通的中巴抵达距皇后镇 48 公里的格林诺奇（Glenorchy），体验"达特河探索魔戒之旅"。从皇后镇到格林诺奇的公路被誉为世界十大最美公路之一，我在路边的观景台就已被眼前的景色震撼。尽管这里快到瓦卡蒂普湖的尽头了，可远处的卓越峰与眼前的山地被白云、蓝天和湖水衬托得五彩缤纷且极富层次感。在瓦纳卡和皇后镇湖畔观景的时候，美则美矣，却有些简单直白，缺了点层次感。

新西兰的自然景观确实很美，只要遇到好天气，随手一拍，都可以当成明信片。但在我的印象中，像格林诺奇公路上的景色还是不多见的。

到了格林诺奇小镇后，我们改乘旅游公司的大巴进入达特山谷，这里是不少国际大片的拍摄场地，如《金刚狼》《双塔奇兵》，当然少不了《指环王》和《霍比特人》。由于有的电影加入了后期的电脑制作，达特山谷不容易被辨认出来。

据导游奇异果介绍，许多影视摄制组来此地拍摄时会租用私人牧场，农

高空跳伞

场主每天躺着收钱，肯定乐坏了。

他指了指前面一个叫"天堂"的地方，那里有家农场，距离皇后镇约50公里，面积46公顷，依山面湖，位置绝佳，已有14部电影在此取景，包括《纳尼亚传奇》和《指环王》。农场里有一栋百年的双层大宅，曾作为电影《霍比特人》中"比翁之屋"入镜。农场的湖泊盛产三文鱼和鳟鱼，我们去的时候，农场加大房子正打包上市出售，起价1000万纽元（在当时约合人民币4900万元）。

格林诺奇被称为"魔戒小镇"，《指环王》里的诸多场景都是在这里拍摄的，比如白衣巫师萨鲁曼统治的艾辛格、精灵女王的罗斯洛立安国以及亚玟公主载着霍比特人一路逃离戒灵。于是，我特意从当地买了两本介绍新西兰景点与《指环王》《霍比特人》的情节场景关联的书，准备回来后好好研究一下。可之后，兴趣渐渐消失，也许这是我儿子该干的事情。

5

我们走进了格林诺奇的一片森林，也是浅尝辄止。为了突出这是魔戒之旅，森林里放了一张高脚凳子，旁边站着一位装扮成甘道夫的演员，游人可以和他合影。所谓魔戒之旅，噱头着实多了些。

导游介绍说，这片原始山毛榉森林形成于8000万年前，看看里面那些横七竖八的老树，确实有些年头了，可是不是这么久远呢？

据科学研究，古新西兰曾经是南方超级古大陆冈瓦纳的一部分。冈瓦纳包括现今的南美洲、非洲、印度次大陆、澳洲以及南极洲等，在大约8000万年前，其中一部分因兰吉他塔运动（Rangitata）而分离出来并向东漂移到太平洋中，古新西兰便独立出来，植物和动物群落都没有再经过陆地迁徙。5500

万年前，海床的延伸和运动停止了，这时，将新西兰陆地和澳大利亚的东南部隔离开来的塔斯曼海也完全形成了。

如果就此演绎的话，新西兰的古森林都是在 8000 万年前形成的。

但古新西兰还在经历变动。据史密斯（Philippa Mein Smith）著的《新西兰史》介绍，6500 万年前，在海水的不断侵蚀下，后来成为新西兰的地区已经变成了低矮的平原，低地沼泽丛生，慢慢向大海里沉没。

3500 万年前，古新西兰的大部分地区都已沉没到海水中，只存在一些小岛，它们原来是山峰（很像浙江的千岛湖，水库建成后，山峰变成了群岛），恐龙、颚类动物、蛙及蜥蜴生活在这些小岛上。

大约从 2500 万年前开始，太平洋板块与澳大利亚板块相碰撞，数百万年之后，这些山峰再次向上隆起。新西兰的许多地区都围绕着这些板块构造而移动变化，原来最古老的冈瓦纳岩石仅存在于西纳尔逊至峡湾区的南岛西海岸。在南岛东部，陆地是刚刚形成的。

当南岛在经历造山和冰川运动的同时，北岛则从地壳挤压导致的火山爆发中获得了自己的面貌。也就是说，不同于板块运动导致的南岛地貌，北岛是由火山喷发形成的。南岛与北岛虽然同属于新西兰，距离只有32公里，却有如此差别，也是一奇。

　　在南岛西部和南部的森林中生长着许多罗汉松属植物，恐龙可能曾在这些罗汉松属植物的原种下面栖息。然而，8000万年来陆地的剧烈变动让人们怀疑，究竟还有多少植物和泥土属于冈瓦纳古陆的碎片？花粉化石的研究表明，新西兰几乎所有的植物都是在古新西兰脱离冈瓦纳后才生成的。

　　回到我前面提出的疑问，我们看到的格林诺奇的山毛榉森林，经科学家考证，确实起源于8000万年前的冈瓦纳时代。

　　我并不是在钻牛角尖，而是到他乡游玩，介绍信息中充斥着误会与混乱，有些可以当故事听，无所谓真实与否，可有时碰到科学知识和历史常识，还是值得进一步想想的。

新西兰的山毛榉森林

6

旅程的另一个精彩之处是在达特河（Dart River）上乘坐喷射快艇。不过，如果是单个项目，我也许会放弃它。硬着头皮上去后，却发现乐趣多多。

喷射快艇是新西兰人比尔·汉密尔顿（Bill Hamilton）发明的，他看到家乡附近的河川水浅多石，于是将旧式快艇的螺旋桨去除，改装成由船底抽水、船尾高压喷水的新式快艇。

喷射快艇的船身长 5.3 米，位于尾端的螺旋桨是推进器，从下方吸水再往后猛力喷出，以此作为前进的动力。它紧贴着水面漂行，与普通的船相比速度更快，转弯也更容易。

喷射快艇能在深度仅 10 米的水中航行，最高时速 90 公里，还能 360 度原地转圈，比一辆性能良好的汽车还灵巧。当驾驶员扬起手指转圈，意味着360 度的原地大回转即将来临。我开始觉得比较刺激，后来发现这还不算什么，最惊险的地方是喷射快艇以超快的速度贴着悬崖峭壁飞驶，眼看就要撞上巨大的山石，快艇却一掠而过。这种炫耀技术的动作屡屡出现，不禁让船上的人目瞪口呆。我坐在快艇的右后方，是让人最不舒服的所在，最好的位置是驾驶员后面一排的中间。

我认为喷射快艇与过山车之类的游戏相似，应该说是有过之而无不及。我儿时没有接触过过山车这样的游戏，所以对它们很陌生。多年前，我们和一个朋友的家庭去香港迪士尼游玩，最后一个项目是太空馆过山车，我朋友很知趣地表示不参与，由他太太陪孩子。而我太太明确表示不敢，我只能陪当时还小的儿子玩。等到进去，才发现是在黑暗中高速飞升和下降，游玩时和游玩后不舒服的感受至今让我难以忘记。外面的服务部出售每个人在黑暗中的镜头，我面色狰狞，实在难看。我当然不想把如此丑恶的嘴脸留存于

我和儿子在喷射快艇上

达特河上的喷射快艇

世，没想到我朋友的太太不动声色地把它买下了。我当时在剧烈不适中，没劝阻。事后一想，她太坏了，这明显是要把我的丑陋展示给其他朋友看，以博一笑。

相比之下，喷射快艇虽然比过山车更真实，但周遭绿水青山的环境实在太优美，以至让我分神。最后，我彻底放松下来，陶醉于达特河的一片绿意中。达特河的绿让人心醉，我都不想从喷射快艇上下来了。

7

皇后镇"三大俗"是法格汉堡店（Fergburger）、巴塔哥尼亚巧克力店（Patagonia Chocolates）和零下冰吧（Below Zero Ice Bar）。

法格汉堡店以超级汉堡闻名，品种有 20 种，牛肉饼采用附近箭镇近郊出产的新鲜牛肉精制而成。之前有朋友去过那里，说他们一家三口排队 40 多分钟买了一个招牌汉堡，发现不够吃，没办法，只得再排一次队。我们特意买了两个，但只吃下一个半，它们太大了，不过确实很好吃，连我这种对汉堡没兴趣的人都喜欢。

巴塔哥尼亚巧克力店的老板出生于阿根廷，店里除了有巧克力饮料外，还供应 20 种不同风味的冰淇淋。我们只是看了看，因为一路上的冰淇淋都很好吃，所以也就不尝试了。

冰吧内的气温常年保持在零下 7 度，面积很小，里面放了些冰雕，桌子和放饮料的杯子都是用冰制成的，客人进去必须穿黑色的防寒服。我们进去时间不长就出来了，没什么可乐的。我想到了日本"90 后"作者诗布在《拼死也要去的世界绝景》中推荐的瑞典北部最大的冰旅馆，那里每年都会邀请世界知名设计师设计室内的冰雕装饰，室内温度一直保持在零下 5 度左右，睡觉时必须使用睡袋。

皇后镇主街上都是旅行社，能开这么多店说明有需求。我们这次去新西兰，原本想自驾，但考虑驾驶座在右侧，而且南岛北岛的路途很长，最终放弃了。听澳大利亚的朋友说当地最大的华人旅行社的服务还不错，便报名前去。

我去了之后，发现如果乘飞机抵达基督城，然后坐火车到格雷茅斯，再坐车到皇后镇，一路上风景如画；或者直接从基督城飞皇后镇，以皇后镇为大本营，报名当地旅行社的各种短途或中途的旅行线，基本上可以玩遍南岛最精彩的景点。

短途旅行看似贵了些，但能在皇后镇舒服地享受早餐、晚餐甚至午餐还是值得的。皇后镇的许多旅行社都有中文服务，你可以在当地组合各种游玩路线，完全不必担心。

8

皇后镇游人如织，青青的草地上坐满了人，可这里的环境确实舒适，不会觉得太拥挤。午后，坐在瓦卡蒂普湖畔的饭店里吃些小食，喝杯啤酒，看着湛蓝的湖水和远处卓越峰的山影，何等惬意。据导游介绍，到了冬天，卓越峰雪山会把天际线勾勒得更美。

皇后镇的冬天也不寂寞，许多人会来此地滑雪。这里的冬天正好是北半球的夏天，不少滑雪运动员也到这里训练，克罗奈特峰（Coronet Peak）滑雪场和卓越滑雪场都是不错的选择。我们来之前的几天，这里天气很不好，我们来之后却是阳光灿烂，运气真好。要欣赏新西兰的自然风光非常仰仗天气，若是阴天，湖光山色会失去魅力，人的心情也会变得有些压抑。我们在奥克兰的时候去了两次海滩，都遇上了阴天，再好的美景也就此失色。

"TSS 厄恩斯劳"号蒸汽船

瓦卡蒂普湖上有一道独特的风景——"TSS厄恩斯劳"号蒸汽船（Tss Earnslaw Steamship），它诞生于1912年，已有100多年的历史，是南半球唯一在运行的以燃煤为主的蒸汽船，湖上巡游时间是一个半小时。广告册页说："可以登上瞭望塔，偷师船长精湛的掌舵技术，并有幸与船长攀谈片刻；还可以潜入蒸汽锅炉房内，感受巨大蒸汽引擎的奥妙。"

蒸汽船不免会冒出黑烟，有人对此感到不解：在标榜生态环境优质的新西兰，怎么会允许它继续存在？我开始也有类似的想法，可细想后觉得正是因为蒸汽船在世界上几乎绝迹，"TSS厄恩斯劳"号蒸汽船才会独树一帜，吸引游客的视线。一艘蒸汽船尽管会造成些许污染，但穿越时空的体验给人相当多的乐趣。

湖上的蒸汽船还可以把游人带到瓦尔特峰农场，观看牧羊犬赶羊、牧场主剪羊毛、纺毛示范等，这类节目在澳大利亚和新西兰北岛都有。

9

蒸汽船码头附近的 Ivy & Lolas 餐厅不错，客人可以坐在户外欣赏瓦卡蒂普湖，门前还有一棵金黄色的大树，令人心旷神怡。我们点了鸭子，上来后发现与烤鸭相似，这里的鹿肉味道也极佳。

出了餐厅，沿着布雷坎大街往博士峰方向走。从布雷坎大街的缆车口可以乘车登上博士峰顶上的观景台。从观景台远眺，克罗奈特峰、卓越山脉，还有瓦卡蒂普湖对岸的塞西尔峰、瓦尔特峰等一一呈现在眼前。在山顶上看皇后镇，会发现景色很精彩。餐厅夜间的景色也是一流，尽管去吃过的朋友劝我们不必尝试。

博士峰与里约热内卢的基督山、中国香港的太平山是世界上三大绝美的城镇瞭望台。

从博士峰望去，卓越山脉巨石狰狞的山势恰与湖泊的柔美形成强烈的反差。最高峰为2319米的双锥峰，它是世界上少数呈正北—正南走向的山峦，每当夕阳西下，在落日余晖的衬托下便会展现一种非凡之美。

基督山的港湾美景无与伦比，可以遥遥望到糖面包山、柯巴卡巴纳海滩和远方星罗棋布的大小岛屿。太平山脚下是与天比高的都市巨兽，一座座高楼立足于地基狭窄的山边，如同支支利剑刺向天际。三大美景虽风格迥异，却都令人难忘。

说回鹿，新西兰原来没有鹿。应该说，由于长期与大陆隔绝，这块土地不要说是哺乳动物（蝙蝠除外）了，就连蛇都没有。后来，鹿、兔子、白鼬、猪和山羊被引入，因为没有天敌，野蛮生长，给新西兰的树木带来极大的伤害。

在新西兰输入动物的历史上，写满了许多悲剧。早在20世纪60年代，美国记者约翰·根室（John Gunther）写的《澳新内幕》中就提到：每6只兔子就能吃掉1只羊所需的草料，结果大片草原变成了不毛之地。为了消灭兔子，鼬、雪貂和黄鼠狼被从国外引进，却吃掉不少几维鸟和其他本地特产动物。美洲大角鹿、澳洲袋鼠、山羊、猪、老鼠、鼹鼠甚至麻雀都大量繁殖，使它们与其环境之间的关系失去了平衡。为了消灭野兔，当局当时每年要在每一英亩土地上花4分钱。

最讨厌的是从澳大利亚引进的刷尾负鼠，现在有7000万只，每年吞噬数以百万吨的树叶。它们最喜欢吃四翅槐树，这是一种小叶乔木，能长到11米高，被看作是新西兰的国树，春天会盛开一簇簇低垂的明黄色花朵。负鼠爱吃的波胡图卡瓦树生长在北岛北部沿岸，会在12月开出鲜艳的红花，被称为"新西兰圣诞树"。我们经常可以在公路上看到负鼠的尸体，它喜欢灯光，可灯光是它的天敌。

我们食用的鹿都是人工饲养的。20 世纪 70 年代前，新西兰政府因红鹿贪吃牧草造成灾害，不惜空投有毒的胡萝卜并用直升飞机扫射。驾驶飞机的是受过训练的猎人，人们叫他们"猎鹿之鹰"。后来新西兰人将野生鹿驯化为家养鹿，以天然牧场为家，肉的品质好，新西兰因此成为世界上最大的鹿肉生产国之一。新西兰鹿肉最大的出口国是德国，每出口 5 公斤肉就有 2 公斤消失在德国人的嘴里。也许是新奇？我觉得鹿肉要比牛排入味。我至今还记得在美国黄石公园旁边的大蒂顿公园餐厅享受鹿肉的情景，透过落地玻璃窗，可以看到外面的雪山被晚霞映照，服务员特意推荐了一种与鹿肉相配的红葡萄酒，相得益彰啊。

2014 年 10 月，所谓的世界美食颠覆之作《死前必吃的 1001 家餐厅》（*1001 Restaurants You Must Experience Before You Die* ）上市，新西兰有 13 家餐厅入选，其中一家在皇后镇，是 Fishbone Bar & Grill。我们第一天到皇后镇就想订位，但被告知 9 点以后才有。第二天下午我们前去，以为是在湖畔，找了好久才发现是在很普通的街道旁。失望的是，午市刚结束，晚餐要从 5 点才开始，而我们那时必须动身离开皇后镇。看菜单，这家店主要供应海鲜，真是太可惜了。

10

来皇后镇的人一般都不会错过箭镇，开车十几分钟就能到达。箭镇除了华人居住区，主要还有条白金汉大街（Buckingham St），两边是一些商店和咖啡馆。白金汉大街，不要望文生义，它就是一条小街而已。英国人把自己故乡的大牌街道和饭店名称带到了新西兰的小镇，聊以自慰吧。

箭镇的华人居住区

箭镇以其绝美的秋景闻名于世，夹道而植的落叶乔木将箭镇的秋天变成了绚烂落英的海洋。它每年都会举办一次金秋节（Autumn Festival），2015年是在4月10日至19日，有50多项活动。从1984年开始，艺术画展一直都是箭镇金秋节的开幕活动，吸引了来自新西兰全国各地的艺术家参展。

各具特色的老爷车在白金汉街一字排开，这也是金秋节的重要活动。我曾经在黄石公园看到过源源不断驶来的老爷车，应该是老爷车协会组织的活动，真是壮观。

露天的市场里设有100多个摊位，这里出售新西兰最好的手工艺品，其他活动还有街道游行和露天音乐会等。

2015年4月11日，我在格林诺奇认识的导游奇异果通过微信发来了图文并茂的报道：

今天是箭镇最隆重的一天，飞机特技表演、60多辆老爷车巡游、群众巡游，唯一的羊驼混在一群狗中间迈着骄傲的步伐，消防车、消防队也参与其中，受到大家的欢迎。巡游透露着朴实亲民的乡村气息，大家看上去都很开心、很享受。

11

提到淘金热，我们中国人一定会想到华工。

从1865年起，从广东来新西兰的华工开始加入淘金热。

到了1871年，瓦卡蒂普金矿区华人的数量超过欧洲矿工，他们沿着皇后镇附近的箭镇建造了一个居住区，20间茅草屋排成一排，所有屋子都有门窗，居住区里还有一家商店和一个大食堂。

淘金热时期矿工住的小屋

　　随着华人人数的增多，商业利益扩大，华人移民面临的怨愤也日益增强。从1881年起，新西兰政府引入一系列法律阻止华人移民，把入境费提高到不可思议的100新西兰镑。

　　箭镇成立了反华欧洲矿工协会，华人社区虽然逃过了身体暴力，但在种族主义报刊文章的带头下，他们受尽了漫骂和凌辱。华人尽量避免麻烦，他们基本上远离欧洲人社区，自成体系，相依为命，互相支持。

　　许多华人淘金者之间有亲戚关系，在所谓的"链状迁移"中，他们的旅费得到居住在新西兰的亲戚们的帮衬。对那些从广东来的华工来说，共同的广东乡村文化传承足以使他们紧密团结，这种情谊帮助他们度过艰难的日子，提醒他们对国内家人的责任。

到了1890年，奥塔哥容易淘的金子全都被淘光了，许多华人矿工离开了，大多数人回到了中国；一些人去了西海岸的金矿；另一些人找到了新的工作。收入有限的华人老人成为箭镇的住户，过着相当孤独的生活。

年老的矿工渴望在祖坟里安息，当地华人企业家徐肇开（Choie Sew Hoy）募集资金成立昌善堂，帮助数百名老人返乡，并把已故者的棺木送回家乡。令人唏嘘的是，1902年，最后一艘运载着499具遗骨开往中国的轮船在荷基安加港沉没。

到了20世纪初，箭镇市内华人的大多数营地和住区都已废弃，简陋的住所逐渐败落。现在重新建设，得以让游人感受"一个非凡民族的故事"。

阳光照在华人居住区前一座孤零零的平房上，它是当年华人村的商业和社交中心——亚林商店。亚林又叫老雷，他从沙特欧瓦河里救起一位溺水的欧洲矿工，成为当地的英雄，最后成为备受尊重的社区领袖。商店里堆着各种欧洲货物和进口货物，包括中国茶、大米、腌柠檬、生姜、赌具、药品和烟具。这间屋子不仅是商店，由于老雷懂中英文，他还做生意、当翻译、代写书信。中国淘金者把他的商店当作非正式银行和社区聚会点，在这里抽烟、打牌和闲聊。阁楼还为客人和旅人提供住宿。

亚林商店是箭镇华人居住区最后一家商店，1925年，老雷去世后商店就关门了。1986年，这幢建筑物被修复，是19世纪南部淘金时代留下的唯一一家商店。

亚林商店外观还可以，但里面空空如也，很是简陋。有人回忆道："地面什么都没铺，我记得最清楚的是气味，温暖、鲜美、香辣和神秘，我现在还能闻到。"

今天华人社区几乎没什么游人，即便有，也只是在亚林商店门口张望一下就走了。有位游客倒是对我产生了兴趣，她见我忙忙碌碌地在各种告示板旁跑来跑去，不亦乐乎，最后忍不住问我："你是不是老雷的后代，到这里考察祖辈的故事？"

第四章

蒂阿娜和米尔福德峡湾

1

　　为了第二天能更方便地去米尔福德峡湾（Milford Sound），我们下午从皇后镇出发，黄昏时分来到蒂阿娜（Te Anau）。从皇后镇到峡湾需要5个小时；从蒂阿娜出发则只需两个小时。蒂阿娜湖是南岛第一大湖，在新西兰仅次于北岛的陶波湖，也是南半球最大的冰川湖。"蒂阿娜"一名来源于毛利语的"Te Ana-au"，意思是"旋转水流的洞穴"。萤火虫洞在蒂阿娜的西岸，如果不去北岛的怀托摩萤火虫洞，在这里玩玩也可以。

　　蒂阿娜是个清静的小镇，没法与繁华的皇后镇相比，虽然它是去峡湾和各种著名的步行道的门户，可能大家还是觉得太冷清，住宿游玩的人并不多。我们在网络上搜索到的蒂阿娜排名第一的饭店竟然关门了，还好路中央有一家醒目的意大利餐厅"LA DOLCE VITA"，门前草地上停着一辆淡蓝色的老爷车，红白桌布的餐桌放在户外，夕阳下总算给镇子添了些热闹。最有趣的是餐馆老板，他会主动向探头张望的顾客打招呼，拿着菜单请我们坐下来，这很少见。我们吃饭时，老板又跑过来聊天，还拿出一瓶柠檬酒请我们喝，的确是意大利人的风格。

　　我儿子的好友也是意大利人，有一次，他说他父母想认识我们，于是我们相约一起吃饭。他们家开了一家专供超市的意大利食品店，生意经也来自孩子母亲的家族。孩子的爸爸与蒂阿娜餐馆的老板很像，嘻嘻哈哈的，对什么都有浓厚的好奇心，天生的生意人。

　　餐馆老板说他是威尼斯人，在这里好多年了，原来开了三家店，卖掉了两家，最后就剩下这一家。斜对面不远处的一家意大利

与意大利老板一起干杯

披萨店与这家店的风格很相似，门外陈列着一辆老爷摩托车，外卖的冰淇淋也很好吃。

LA DOLCE VITA 的海鲜与意大利面都很好吃，我们第二天又来吃了，主要尝了尝鹿肉，味道很好。

蒂阿娜镇的电影院放映一部约 30 分钟的纪录片，没有解说，只有背景音乐，拍摄对象是峡湾国家公园（Fiordland National Park），占地 125 万公顷，是新西兰最大的国家公园。电影拍得充满诗情画意，值得一看。

2

当海水灌入数万年前由冰川侵蚀而成的山谷时，峡湾便形成了。最有名的峡湾在挪威，我在另一本游记《北欧彩虹》中介绍过，排在第二位的就是新西兰峡湾国家公园，共有 14 个峡湾，其中对外开放的是米尔福德峡湾和悬疑峡湾（Doubtful Sound）。

悬疑峡湾的名字很特别，据说 1770 年库克船长发现了这里，但他不敢深入，怕出不来，只能在绘制地图上写下"Doubtful Sound"，意思是值得怀疑的港湾。

悬疑峡湾也被翻译成神奇峡湾，它的长度和面积分别是米尔福德峡湾的 3 倍和 10 倍。它比米尔福德峡湾开发得晚，直到 1959 年，为了推进西湾发电厂的建设，翻越威尔默特山口（Wiltmot Pass）的公路落成通车后，人们才能轻松地进出悬疑峡湾，不过游客并不多。

我们走的是米尔福德公路（Te Anau-Milford Highway），从蒂阿娜到峡湾，总长 119 公里，是新西兰最美的公路之一。先是在农田间行驶，农田底下是冰川留下的冰碛，蒂阿娜湖就是由这部分冰川刨蚀而成的。

山越来越近，道路两侧出现广袤的山毛榉森林。

穿过这片森林，58公里处就是镜湖（Mirror Lake）。这个湖其实很小，但能清晰地映出群山的倒影，当然必须是在晴天。我发现照片中的镜湖风光比眼睛所见的还要美，感谢蓝天。

穿越了84公里处的分水岭地区后，周围的植被开始改变，这里是南阿尔卑斯山脉海拔最低的东西向山口。山势险峻，在距蒂阿娜101公里处，我们会遇见荷马隧道，"这条隧道因两侧被冰川侵蚀而形成的呈阶梯状的岩壁奇观而闻名"。说白了，隧道里的岩石暴露在外，看起来很粗糙。

1929年华尔街大崩盘后，经济大萧条也蔓延到了新西兰，1933年的失业率几乎达到30%，新西兰政府为此祭出凯恩斯经济学的法宝，让失业工人通过造桥修路养活自己，拉动经济。在北岛，人们修筑了东海岸铁路。南岛的工人们则修筑了米尔福德公路。

3

毛利人应该是在1000多年前发现了米尔福德峡湾，因为水路是他们的主要交通运输途径。图特拉基法诺阿（Tu-te-raki-whanoa）是毛利传说中的一个神话人物，他的任务是雕塑峡湾海岸，他唱着有力的"卡拉基亚"（毛利语，意思是歌），用他的扁斧"特哈摩"（Te Hamo）猛劈高耸的岩石壁。图特拉基法诺阿往北移动时，劈造长长的弯曲入口为水上行船提供避难处，以躲避大海的暴怒。

发现米尔福德峡湾的第一批欧洲人可能是一群从1793年开始沿海岸捕猎海豹的猎人。19世纪初，一位船长以自己的出生地——英国威尔士附近的米尔福德港——命名了峡湾。

1826 年，约翰·博尔特比（John Boultbee）和其他捕猎海豹的人一同出发。第一天，他们到达猎人所说的米尔福德港，泊好船后，他们走进了猎人所盖的小屋，晚上睡在这里。当时，米尔福德港是一个荒凉但看起来很罗曼蒂克的地方，到处是高山深谷，森林中有充足的威卡秧鸡（weka）、鸮鹦鹉（kakapo）及几维鸟等猎物。

1878 年，苏格兰人萨瑟兰（Donald Sutherland）成为这里的第一个定居者。1888 年，现在的米尔福德步行线的原型出现，随后，旅客逐渐增加。萨瑟兰与妻子伊丽莎白一同经营一家小客栈，接待旅行者。

镜湖　　　　　　　　　　荷马隧道

米尔福德步道（Milford track）全长 53.5 公里，是世界上为数不多的景观和视野富于变化并连接数个瀑布和湖泊的徒步线路，被称作世界最美步道。全程需要三晚四天，游人必须提前预定，因为该线路每天只限少量人旅行。

　　导游建议，如果时间和精力有限，可参加该线路的徒步一日游。我如果再次去新西兰，会试一试。

　　新西兰有数千条步行道，风景都很美。有经验的新西兰人告诉我们，新西兰森林最普遍的危险是可能突遇恶劣的天气，或者迷了路，或者两者兼而有之。所以，一定要备足衣服、食品和水。另外一个重要的规则是永远不要偏离既定的路线，不要试图走捷径，可能会因此迷路。在茂密的森林里，不会有任何路标，迷路的事很容易发生，因此一定要沿着公布的线路旅行。

米尔福德峡湾

我们 2014 年在芬兰的森林里想走捷径，结果一下子就辨不清方向了，还好碰到了有经验的人，在他们的建议下，我们立即按原路返回。

4

米尔福德公路工程于 1930 年启动，因第二次世界大战延误，直到 1954 年才完成。荷马隧道工程开始于 1935 年 7 月，同样延误到 1954 年才完成。修筑隧道碰到的两大难题：第一，因岩石断裂的范围非常大，溶雪流入隧道，施工面到处是水，最后动用大型压缩机和下游的发电站才解决了每小时 1 万立方米的进水量；第二是雪崩，春季和冬季最易发生，可能造成强烈的气流冲击和速度高达每小时 200 公里的大风，不得不安装雪崩防护设施，在隧道里装强力水泥门框来保护工人。

现在，雪崩仍然威胁着游人的安全，在危险期，公路上马里恩角（Marion Corner）的大门会关闭。

我从米尔福德峡湾观光咨讯中还看到了一个发生在公路附近的自然现象：树崩。米尔福德公路两旁覆盖着冷温带雨林，主要树种是银山毛榉，它们喜欢峡湾的潮湿气候。由于表层土壤较少，山毛榉树便以相互缠结在一起的根系为依托，当树长太大而根系不能支撑时，树崩常常伴随大雨和大雪发生。山毛榉树从结实的岩石基础上剥落，带动其他植物和根系一同而去。森林区裸露岩石上的大伤痕是树崩的证据。

像新西兰的许多桥一样，1.2 公里长的荷马隧道只允许单车道行驶，往峡湾的方向是急速的下坡道，视线有点阴暗，让人不舒服。

我在路上一直寻找比较常见的大嘴鹦鹉，它们羽毛鲜艳，但不会振翅飞翔，筑巢于南阿尔卑斯山高处。它们吃昆虫、浆果和其他植物，还吃动物腐

米尔福德峡湾高速公路

"啄羊鹦鹉"

肉，如死羊。但人们误认为它会从活羊身上啄肉，因此叫它"啄羊鹦鹉"，农民们曾射杀这种"羊的杀手"。直到1986年，才有人替它平反昭雪。

"啄羊鹦鹉"其实对人很友善，胆子很大，嗓门也大，对着给它食物的游人发出"keeeeaaa"的声音。它的动作也很滑稽。"啄羊鹦鹉"还有一个怪异的爱好，喜欢啄食挡风玻璃上的胶布，还有帐篷、书包，能啄的它们都啄。

5

我们来到米尔福德峡湾码头，准备坐船游览。

我们半年前游玩了挪威的峡湾，当来到新西兰的峡湾时感到格外亲切。

与挪威的峡湾相比，这里的峡湾是纯自然的，荒无人烟。

游挪威的艾于兰峡湾（Aurlandsfjord）的时候也是夏季，大部分是雨天，峡湾风大阴冷，这可能与峡湾特有的地理有关。

新西兰峡湾也是新西兰雨水最多的地区，年降水量超过7000毫米，一年中至少有180天在下雨。我原本预测这次去米尔福德峡湾，天气也不会佳，却没想到一路阳光普照，蓝天白云。

我前面说过，像新西兰这样以自然风光为特点的国度，游玩时必须是阳光灿烂，否则会很扫兴。我们在新西兰近20天，大多数是晴天，真是幸运。

我的中学同学朱平在新西兰待过。他一直在看我微信上发的照片，当我快结束新西兰旅程时，他发微信给我，说虽然新西兰号称"长白云之乡"，可连续多天的蓝天白云还是很少有的。

新西兰的称呼来自第一个发现这块土地的荷兰人塔斯曼，他先提名"斯达特恩兰特"，但他的上司要仿效荷兰一个省份的名字，于是改用"新西兰"。

毛利人把新西兰称为"长白云之乡"，毛利语是"Aotearoa"。几乎所有介绍新西兰的书都会提到这个名称，乃至把它作为书名，解释起来也很简单——"有蓝天白云的地方"。

我开始的时候也觉得很正常，可后来有些疑惑，毛利人来自塔希提等岛屿，他们的家乡也是蓝天白云，也许晴天的时间比新西兰还多，为什么还会对新西兰的白云感到惊奇呢？

有一种说法是，来自热带岛屿的毛利人第一次看到新西兰高山上的冰雪，误以为是天际的白云，便起了"长白云之乡"或"白云绵绵的土地"之类的名字。

还有一种说法是，毛利人看到了新西兰与故乡的差异，即把它翻译成"长白昼之地"，因为毛利人来自低纬度地区，从未见过高纬度地区夏天漫长的白昼（南半球愈向南方，纬度愈高）。顺便一提，南半球很多现象与北半球恰好相反，让习惯于北半球常识的我们经常要迷糊一番。

这就是在不疑处有疑吧。出门在外，走马观花，经常会产生误解，但能有几个好玩的发现，足矣。

6

我们游挪威时，游轮上会用中文解说峡湾的各个景点，我起先还注意一下，但后来风大雨大，也就忽略了。这次游米尔福德峡湾，我可听仔细了。

峡湾两岸皆是群山，有的上面还有白雪。游船驶到峡湾的左中侧是教冠峰（Mithe Peak），因与主教的帽冠相似而得名。奇特的是，1682 年的教冠峰是直接从海底矗立而起的最高山峰之一。

船很快来到铜点（Copper Point），因岩石中富含铜而被命名。这个地区是风漏斗，阵风风速常常超过每小时 180 公里，但当天风和日丽。

船在抵达戴尔角（Dale Point，米尔福德峡湾入口的标志）之前会经过安妮塔湾（Anita Bay），这里有半透明的绿玉圆石，为毛利人所喜爱，用于制作石头工具和装饰物。传说有一位姓塔玛的毛利酋长带着妻子来到"皮奥皮奥塔希"（毛利语，即米尔福德湾），由于贪食鲸鱼，没注意他的妻子竟然被绿色怪物叼至安妮塔湾，全身发青地死于怪物嘴下，成了绿色的石头。他赶来后，发现妻子惨死，伤心地流泪，泪水渗进石头形成斑点，使石头外表发亮。后来这种岩石中带有水滴的泪水绿玉石就被称为塔基怀（tangiwai）。

在其他毛利传说中，皮奥皮奥塔希是一艘到米尔福德峡湾采获塔基怀的独木舟。另一个毛利传说则说，皮奥皮奥塔希是毛利神的一只爱鸟的名字，这只鸟可能是现已绝种的皮奥皮奥本土鸟。

丰富的想象力为亮丽的自然景观锦上添花。

船到了戴尔角，前面是莽莽苍苍的塔斯曼海（Tasman Sea），在大海上看不出这是个峡湾入口，这也就解释了为什么很长时间里米尔福德峡湾没有被捕鲸船和其他船只注意到。

船折回，沿右岸行驶，我们很快看到了面积 690 公顷的小型海洋保护地，大石头上懒懒散散地躺着一些新西兰软毛海豹，正在晒太阳取暖。这种软毛海豹在峡湾到处可见，当年人们为了猎取海豹皮和油而大肆捕杀，使它们濒临绝种。现在它们受到保护，数量正在稳定增长。海豹是超级游泳能手，主

岩石上晒太阳的海豹

PENGUINS CROSSING

SLOW

新西兰的蓝企鹅

要食物是鱿鱼、章鱼和梭子鱼。

峡湾其他的野生动物还有蓝企鹅、峡湾鸡冠企鹅和宽吻海豚等。宽吻海豚的两颌长有像钉子一样的牙齿，且拥有又短又硬实的嘴，可长到 3.8 米，以鱼和鱿鱼为食。这是很有特点的海豚，经常在新西兰各个海域中出现。

7

接着，我们来到了米尔福德峡湾最高的山峰彭布洛克山（Mount Pembroke），高度约为 2014 米，这里有冰川切开峡湾的痕迹。在毛利人的眼中，它是用绿石装饰的独木舟。

米尔福德峡湾有波文瀑布（Bowen Falls）、仙人瀑布和斯特灵瀑布（Sterling Falls）等。斯特灵瀑布不是最高的瀑布，但它落差 155 米，水量最大。我们的游船慢慢靠近斯特灵瀑布，水花四溅，声响隆隆，令人震撼。

接着是冰河擦痕。距海平面 300 米之高的峭壁上有一大片擦痕，是 14 000 年前冰河推动巨石运动所致。

1301 米高的金伯利山像一头坐狮，因此也被称为狮子山。

快到码头之前的一站是米尔福德峡湾水下观察站。

峡湾原来是一个山谷，由于海面升高或陆地下沉，使得海水漫进。由于这里是高降雨区，从群山下来的比海水轻的大量淡水浮在海水表层，因雨水在流经河溪和水瀑、进入峡湾的过程中被丹宁酸和森林地表的其他有机物质染成茶色，使得峡湾出现了一片褐色的海面。

2～3 米的永久淡水层过滤了大量的阳光，使阳光无法渗透到海水深处，大量生物得以在离海平面 40 米以内的地方繁殖。

斯特灵瀑布

在峡湾，10 米深相当于海滨的 70 米深，沿楼梯下至水下 10 米，就能观赏到神奇罕见的黑珊瑚和各种外来的海洋生物。

我们坐的是时长 1 小时 45 分钟的风景观光游船，无法前去水下观察站。如果坐 3 个小时的深度探索游船或专程去观察站（1 个小时），就能如愿以偿了。

米尔福德峡湾的景色

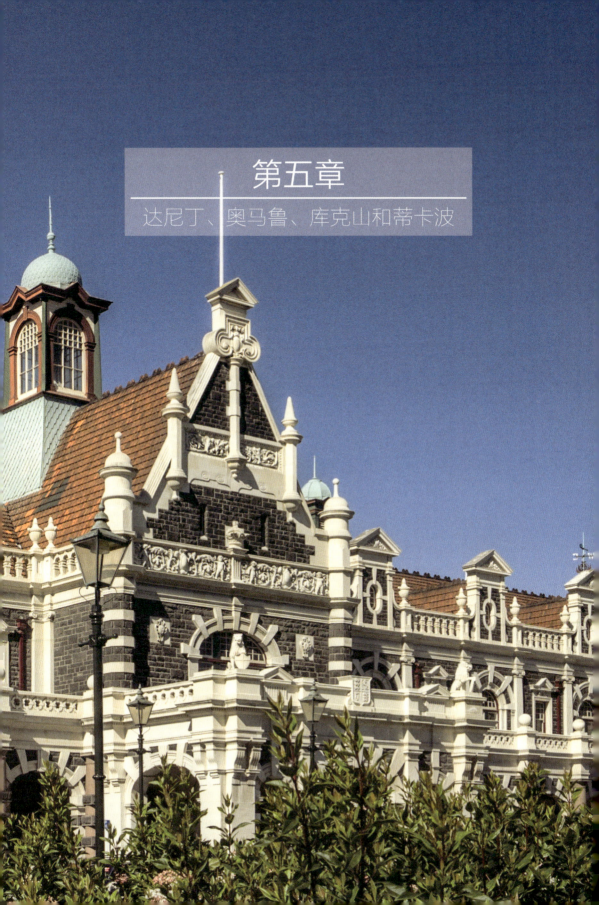

第五章

达尼丁、奥马鲁、库克山和蒂卡波

1

从蒂阿娜出发，前往新西兰最古老的城市达尼丁（Dunedin），路上经过戈尔小镇（Gore），小镇前竖立着两座雕塑，一个是雕镂吉他，下书"新西兰乡村音乐之都"，不远处有乡村音乐歌手的手印展。每年5月末6月初，这里会举行金吉他竞赛周，为期10天，小镇旅馆届时会被预定一空。我们在蒂阿娜街头也听过一位女歌手的演唱，很有腔调，儿子还买了一张CD。我们在任何地方旅游，只要见到街头歌手演唱，总习惯去买一张CD。我拍了这位女歌手的照片放在微信上，我觉得自己与她很像，只不过是用文字自由吟唱。

我在1993年第一次出国到日本东京的第一天晚上，在街头看到了歌手在自由演唱，心情颇为激动，我们上海当时还没有这样的氛围。

戈尔的另一座雕塑是一条在空中跳跃的褐鳟，下面写着"褐鳟垂钓世界之都"。褐鳟是世界上名贵的游钓鱼，也是餐桌上的美味。

关于褐鳟有一个真实的故事，英国南部汉普郡奥尔斯福德附近一个养鱼场的工作人员发现饲养的褐鳟似乎少了很多条，他们百思不得其解，一位摄影师机缘巧合之下发现逃跑的鳟鱼从池内纵身跃起一米多高，准确地蹦入给池塘补充水的管道内，逆水10多米，抵达管道的另一端——易沁河，然后自由地游走。11月至12月，褐鳟流浪迁徙，寻找产卵的地方，它们把管道下来的水当成了瀑布，激发了产卵的本能，于是跳跃着逆流而上。

2

中午时分，我们来到达尼丁，在市中心的八角形大广场，我很惊讶地看到了18世纪的苏格兰民歌派诗人罗伯特·彭斯（Robert Burns）的雕像。后来我才知道，这个坐落于东南海岸一个狭长海湾末端的城市正是诗人的一个侄子和 300 多名殖民者建立的。

这些苏格兰人的理想是让达尼丁和奥塔哥省仿效英国乡间的生活秩序，拥有乡绅、医生、律师、牧师、工匠和农民。约翰·根室在《澳新内幕》中写道："为了维持这种社会秩序，将土地价格提高到一般人无力购买的程度，以防平民拥有土地。此外，土地要用于耕种，不能变成牧羊场。有人甚至想到，要禁止苏格兰威士忌酒。仅仅过了 12 年，虽然一些较顽固的苏格兰人已经在当地过得很舒适，常常称自己代表了达尼丁的'旧道德'，但他们的计划注定是失败了。人们大声疾呼，主张在这些土地上放牧牲畜而不是种庄稼。到了 19 世纪 60 年代，淘金热把大批爱尔兰人吸引到奥塔哥省，随之出现的是道路、银行、舞厅、赌博、工业、繁荣和民主。正如历史学家凯思·辛克莱（Keith Sinclair）所说的那样，旧道德变成了新罪恶。"（《澳新内幕》，上海译文出版社，1979 年）

当年的淘金热仅持续了 10 年左右，但新西兰的人口却在那时翻了一番，达尼丁也成为新西兰最大、最重要的城市，后来才被北方新兴城市所超越。今天达尼丁是新西兰第四大城市，人口约 12.5 万。达尼丁的复兴主要归功于 1869 年建立的奥塔哥大学（University of Otago），它是新西兰的第一所大学，当时达尼丁刚建立 21 年，人口约 1.3 万人。

奥塔哥大学的医学院在世界上享有盛誉，牙医专业更是在国际上排名前 10 位。20 世纪 80 年代以来，这所大学的规模已经扩大了 2 倍，有 22 000 名学生，占全市人口的六分之一，它让整个城市充满了人气，也活跃了艺术氛围。再加上旅游热潮，达尼丁一直保持着活力。

3

早期的苏格兰人曾把这座城市称为新爱丁堡，后来改名达尼丁，现在还被称为"南方的爱丁堡"。其实，就像苏州不是"中国的威尼斯"，达尼丁与爱丁堡也没有什么相似的地方。爱丁堡的特色是它的城市地理，拥有巨大的城堡和岩石山峰，与达尼丁完全不同。爱丁堡的建筑与达尼丁的也不同，达尼丁建筑的主要风格是维多利亚式的，比较清新。而爱丁堡的则主要是哥特式或古典式的，墙面黑黢黢的，只有在阳光下才有看头。

达尼丁最醒目的建筑是火车站，它建于1904年，具有佛兰德斯文艺复兴风格，用石头和混凝土制成的华丽建筑的正面为铁路建筑师乔治·特鲁普（George Troup）赢得了"姜饼乔治"的昵称。火车站里也是富丽堂皇，雕花瓷砖和玻璃窗很是经典。二楼是新西兰著名的体育圣殿（New Zealand Sports Hall of Fame），里面有橄榄球、板球、高尔夫以及登山等领域的运动员的资料。可我对此不甚了解，只是走马观花地看了看。

我在奥塔哥大学也看到了风格类似火车站的大楼，很有气势。当时的达尼丁市民应该很为此自豪。此外，奥塔哥大学还有更为古老的建于1878年的哥特式校舍。

在火车站里，我发现从达尼丁出发有多条火车观光路线，当天就可以来回，如半日游之泰伊里峡谷（Taieri Gorge）观光火车之旅：往达尼丁的西部地区，从繁忙的市中心穿过崎岖的泰伊里峡谷到达美丽的奥塔哥内陆地区，然后返回。火车上设有露天观景平台，并会在沿途的风景胜地稍作停留。

观光火车之旅中的峡谷风光是公路上无缘观赏到的，艾美奖系列电视节目《精彩火车观光之旅》（*Great Scenic Railway Journeys*）形容这段旅程为"世界上最精彩的火车旅行之一"。

如果有空的话，我会去尝试一下的。

火车站还发出海岸火车之旅，如怀塔蒂海滨号观光之旅（Waitati Seasider）是一段 90 分钟的快车旅行，这条路线曾经是南岛铁路干线的重要部分，火车沿着达尼丁风景如画的海港区驶向查莫斯港（Port Chalmers）和凯里斯湾（Careys Bay）的历史城镇，驶出米西瓦卡隧道（Mihiwaka Tunnel，新西兰最长的隧道之一）后，再穿越玛珀塔西（Mapoutahi）的悬崖峭壁，驰骋在海拔 80 米的白沙滩之上，景色蔚为壮观。

我年轻时对美国的汽车文化很是向往。记得厄普代克（John Updike）的《兔子，跑吧》（Rabbit, Run）中的主人公兔子在夜晚的高速公路上神游象外，有些迷茫，却也自由，可以随意在一个道口下去，然后在那里漫游。

可是，拥有了汽车后，我一直没找到公路行驶的感觉，日子久了，倒是喜欢上了火车旅行，可以松弛地观赏外面的风景，也可以阅读、小吃、打盹。

4

基督城被地震毁得满目疮痍，达尼丁倒是留下了一些以前的代表性建筑，虽然基督城偏向英格兰文化，达尼丁倾向苏格兰文化。

城中心的新哥特建筑圣保罗大教堂（St. Paul's Cathedral）属于英国圣公会教区。大教堂中有些是1863年的老教堂，主体部分则建成于1919年，而圣坛所和圣堂直到1971年才建成。

当然，圣保罗大教堂与伦敦那个同名的大教堂不可同日而语，可它在新西兰的地位举足轻重，教管区覆盖了整个南岛，包括新西兰最南端有人居住的斯图尔特岛，只有教区的主事者才被称为主教。

给我印象深刻的是离圣保罗大教堂不远的奥塔哥第一教堂（First Church of Otago），它的尖塔高约54米，拥有漂亮的轮廓，教堂前还有大片的绿草地，让我感受到了苏格兰的氛围。

达尼丁火车站

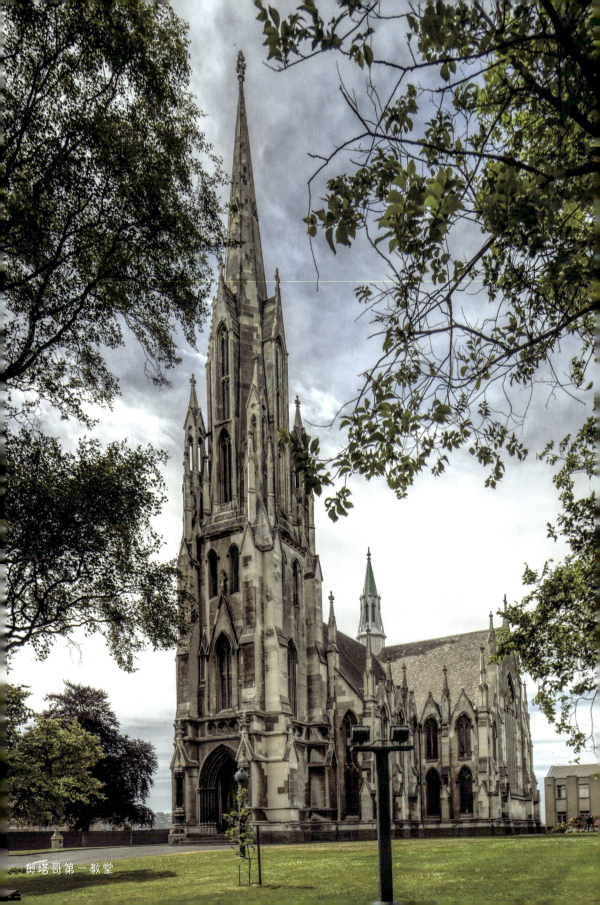
奥塔哥第一教堂

达尼丁市郊区的查莫斯港镇

　　首批长老会信徒抵达达尼丁 25 周年的 1873 年，第一教堂建成，花了 6 年时间。我走进教堂，第一眼就觉得它的草坪很特别，一查资料，才知道原来是囚犯们用镐铲将钟塔山削低了 40 英尺（约 12 米），所以草坪现在的形状像平台，三边都呈坡状，挖掘出来的泥土用于填港。

　　圣保罗大教堂旁的达尼丁美术馆（Dunedin Public Art Gallery）创建于 1884 年，据说是新西兰最古老、内容最翔实的美术馆。我走进去看了看，确实有几幅很有感觉的作品。

　　达尼丁还有一个游人必去的地方——鲍德温大街（Baldwin Street），街道全长 350 米，最陡处的坡度为 1∶2.86（19 度），意味着只要每向前行走 0.87 米，就会相应升高 0.3 米。鲍德温大街被《吉尼斯世界纪录大全》认证为世界上最陡的街道。

　　当初英国人规划城市格局时或许没有考虑这里的地形，实际施工时才发现地势实在太陡，只能硬生生地完工吧。

鲍德温大街

　　我试着走了走，结果气喘吁吁的。据说每年夏天会有 1000 人参加鲍德温趣味竞赛，跑上跑下，分出胜负，着实厉害。

　　街道旁仍然有房子和车子，车子上上下下的，开得很小心，但如果下雪，就只能步行了。坡道入口有家旅游商店，竟然签发上坡成功书，这又不是难度很大的登山运动，但我还真看见有人进去买证书，实在是有趣！

5

　　拉纳克城堡（Larnach Castle）在达尼丁附近的奥塔哥半岛上，是新西兰现存的唯一的城堡。和我同时去达尼丁的朋友在微信朋友圈发图，他们晚上就住在城堡内的旅馆。从达尼丁到城堡只需 30 多分钟车程。

　　城堡是由 19 世纪后半叶凭借银行业务发财的澳大利亚人威廉·拉纳克

Baldwin St

Worlds
Steepest Street

陡峭的鲍德温大街

（他还当过新西兰铁道部长和议员）修建的，耗时15年，其外观模仿了欧洲中世纪的城堡。

我没去城堡，但在我的记忆中，这种逆时代而建的古堡内总会有悲伤的故事。一般说来，深宅大院必多诡秘之事，因为巨大的财富与众多的成员容易滋生阴谋，制造不为人知的秘密。据介绍，在拉纳克城堡阴暗的甬道里，走进其中一个房间，会见到拉纳克夫人的婚纱，蕾丝装饰裙摆、领子和袖口，游客看看画像，不难想象这位美人的身材有多颀长。

城堡内景

拉纳克城堡

这位夫人名叫伊丽莎，是个美丽而富有的法国女郎，她把自己继承的一笔遗产作为嫁妆，而拉纳克为了取悦她，建了这座城堡。不幸的是，伊丽莎38岁时就因中风猝死了。

1898年拉纳克过世后，这座城堡经历了两次世界大战的摧残，荣光不再。

直到1967年，巴克家族买下了破旧的城堡，使之恢复原貌并对公众开放。

6

我们从基督城出发到格雷茅斯的路上看到了西海岸的"薄饼岩"，之后又在离达尼丁78公里的莫艾拉奇（Moeraki）海岸的沙滩上看到了一大群半球形的灰色岩石（还有一半埋在沙子里）。大的重达2吨，直径约2米，有的已裂开，有的有裂纹，真是奇特。光线好的时候，石头里面的颜色是橙黄色的，像蛋黄。

好奇的毛利人当然要对此作出自己的解释，他们说祖先从家乡来新西兰的途中在海上遇到风浪，独木舟沉没海底，船里的葫芦、鳗鱼筐和地瓜滚落海中，被海浪冲上岸，形成了今天的大圆石，船长的尸体变成了海岬。最早发现这些石头的欧洲捕鲸者则称这些大圆石是"撒旦的坟墓"。

地质学家给出的解释是：大圆石形成于6500万年前，是富含结晶钙和碳酸盐微粒的海底沉积凝聚物，其形成过程与珍珠贝中珍珠的形成过程相似。后来因地壳运动、海床变迁才升出海面。

想到它们的形成与珍珠一样，我就觉得很奇妙。它们与珍珠相比是多么的庞大，可在大自然面前又是如此渺小。6500万年前的故事就这样呈现在我们的眼前。

在新西兰，我好像在读一个关于地球的故事。

莫艾拉奇海岸边的巨石

7

在达尼丁，我们知道了第一教堂和圣保罗大教堂等建筑的建材来自于距离它 114 公里的奥马鲁（Oamaru），当车子接近奥马鲁时，会看到一个石灰石的柱廊标志，这是它的地方特色。

我在前面说过，皇后镇和达尼丁都曾因淘金热而暴富，然后消沉，现在又有了复兴的趋势。奥马鲁也曾因淘金热和冷藏肉贸易而辉煌，今天却没有复兴，人口只有 1.3 万人。

当年许多装饰着当地石灰雕刻的雄伟建筑留了下来，主干道泰晤士大街上的旧邮政局、国家银行、圣卢克圣公会教堂以及剧院、博物馆和图书馆等都是 19 世纪新古典主义风格的建筑，有着科林斯式的柱子。这个建筑群落远超过了万人小镇应该拥有的规模。

我们在夕阳西下时分来到了奥马鲁，但几乎看不见什么人影。奥马鲁很像好莱坞影城的拍摄基地，一切都是伪造的，没有一丁点现实生活的气息。城市像遭受了生化武器或中子武器的袭击，建筑没事，人却被消灭了，留下了一座空城。

我们的导游奇异果曾在达尼丁的奥塔哥大学学习，期间去过奥马鲁的蒸汽朋克博物馆（Steampunk HQ）。谈到那次博物馆之旅，他称赞有加："工业元素解构、混搭、再造，各种展示手段的组合，从视觉和听觉上诠释了该类朋克典型的拼凑美学！一个极好的废物利用的典范，一个充满恐怖影片元素的地方，相当有创意，酷。"

我从蒸汽朋克博物馆门前路过时就被它外面生气勃勃的陈列所吸引了，可惜时间实在太紧，没有进去。

说到这座城市，不得不提新西兰女性小说家珍妮特·弗雷姆（Janet Frame）。她在奥马鲁住了14年，童年时代几乎都是在这里度过的。她曾被误诊为精神分裂症，于1951年被送进西克里夫疯人院，甚至差点接受前脑叶白质切除术，由于小说家的身份突然受到了社会的认可，才使得她幸免于难。她的第一本小说《猫头鹰在哀叫》（Owls Do Cry）于1957年赢得国际大奖，奥马鲁是这部作品中的重要元素。其后，她的作品相继荣获新西兰和国际文坛的诸多奖项，还两次获得诺贝尔文学奖提名，最后一次是2003年。2004年，她与世长辞。

奥马鲁设有珍妮特的童年故居展览，熟悉她作品的人可以根据《珍妮特·弗雷姆的奥马鲁》进行一个半小时的自助游。由于奥马鲁的城市发展基本上停滞了，至少街道和建筑很少变化，人们应该可以按图索骥。如今在上海，要调查60年前的街道往事已经越来越困难了。

STEAMPUNK HQ

SLOW

STEAMPUNKS
CROSSING

蒸汽朋克博物馆

8

奥马鲁最大的旅游景点是离镇中心不远的蓝企鹅保护中心（Oamaru Blue Penguin Colony）。蓝企鹅（毛利语是 Korora）是世界上体形最小的企鹅，身高约 30 厘米，体重约 1 公斤，寿命 8 到 10 年。蓝企鹅的繁殖地散布在新西兰和澳大利亚南部的海岸周围，我曾在 2002 年前后在澳大利亚看过蓝企鹅归巢。

我们对企鹅的印象通常来自于帝王企鹅。帝王企鹅高达 90 到 120 厘米，体重 50 公斤。我在基督城博物馆看到了蓝企鹅与帝王企鹅的标本对比，感觉简直不是一个种类，蓝企鹅更像是一只小鸟。

蓝企鹅凌晨日出之前离巢，天黑后归巢。白天，留守的企鹅会隐匿在巢穴内，或外出进入海水中。

早在 20 世纪 70 年代，一小群蓝企鹅开始在奥马鲁港口边缘的采石矿区筑巢。为了保护这些鸟类，20 年后建立了奥马鲁蓝企鹅保护中心，保护中心内的企鹅数量最高时超过 130 对，有时一夜之间就有 200 多只企鹅入住。

我们是在晚上 9 点左右进入保护中心看台的，看到的蓝企鹅大约有 120 只。供观赏的蓝企鹅在 10 月至 11 月最多，平均数量是 180 只左右，但要在晚上 11 点以后。8 月最少，只有 50 多只，而且只能在晚上 6 点观看。

蓝企鹅往往是分批上岸，上岸后排着队走过乱石滩，然后进入巢穴。企鹅筑巢的方式一般是挖掘洞穴或躲藏在岩石之间，保护中心内为企鹅提供了巢箱，相比自然巢穴，巢箱更加坚固，也不易积水。

在离企鹅归家路线不远的地方躺着几只海豹，懒懒的，一动不动。我们知道海豹有时会吞食企鹅，不知道海豹与蓝企鹅的关系如何？

蓝企鹅大多会在海滩上交头接耳，一旦到了地面的巢穴，便迅速钻入屋子。偶然有一只蓝企鹅在巢外发呆，好长时间不进去，这让围观它的游人从好奇变得着急。

　　我 10 岁的儿子听到了企鹅的吵闹声，便想象着这样的画面：它们争先恐后地走进家门，向孩子们吹嘘今天捕到了十几条鱼，然后和家人一起享受美食煮鱼。而那只无论如何不肯归家的企鹅好像在捕鱼时遇到了一头海狮，好不容易死里逃生，于是就想躺在草地上，望着星空，放松一下紧张的心情。

　　在奥塔哥半岛上还有新西兰独有的黄眼企鹅，它是世界上最大的温带企鹅，因其眼睛后部的黄色条纹而得名，毛利人称之为"大嗓门"（hoihoi），它们的最长寿命可达 20 年。11 月孵化期结束后，2 月或 3 月初企鹅就要向北迁徙以获得食物，它们往往要行走 500 公里，在各种敌人的袭击下，大约只有 15% 的黄眼企鹅可以存活下来。

黄眼企鹅

9

今天是进入南岛的第七天，我们所走的路线包括了蒂卡波湖（Lake Tekapo）和南阿尔卑斯山（Southern Alps）以东的广阔高地，也被称为麦肯奇地区（Mackenzie Region）。1855 年，苏格兰人麦肯奇在他的牧羊犬"星期五"的协助下，赶着上千只偷来的羊冒险穿过偏远的高山通道，藏匿在这片高地上。他被抓后，其他欧洲定居者才知道有这个地方，并来到这里开辟牧场。麦肯奇被捕后曾两次逃跑，后被监禁，最终被释放，从此这个地区便被称作麦肯奇。传说麦肯奇还是一个仗义疏财的人，很得民心。

快到中午的时候，我们抵达普卡基湖（Lake Pukaki）。

普卡基湖的背景是绵延的南阿尔卑斯山脉。

南阿尔卑斯山有三大冰川：胡克冰川（Hooker Glacier）、穆勒冰川和塔斯曼冰川。胡克冰川和穆勒冰川所融化的冰水形成胡克河。胡克河与塔斯曼河交汇，最终流入普卡基湖。

由于冰川穿过山谷移动，研磨并打碎了脆砂岩、灰玄土和岩片，形成了所谓的"冰片岩粉"。高密度的冰片岩粉在水中悬浮，使河水变成奶白色。

奶白色的河水汇入普卡基湖，与湖中清澈的湖水相混合，沉重的岩粉颗粒沉淀到湖底，只有非常细小的颗粒悬浮在湖中。随着光渗透湖水，水分子吸收了光的长波部分，如红色，而蓝色经过非常细微的岩粉折射，最终使普卡基湖呈现出很奇特的蓝色，或者绿宝石色。

在新西兰，尤其是在南岛，大量的自然景观需要科学的解释。有些原理我弄明白了，有些还不是很清楚。对各种说明的小册子仔细研读，总会有收获的。

10

我前面提到的新西兰的冰川和高山湖景色，世界上其他地方不是没有。20年前，在国内，我曾去过西藏的纳木错（湖）。纳木错也是如梦如幻，它的蓝与普卡基湖近似，且比普卡基湖大得多。可是，去纳木错的路不好走，那里是接近5000米的高原，不仅有高原反应的人受不了，一般人也会很辛苦。我记得越野车行驶在路上要十分小心，时不时就会看到旁边的车子陷在软泥中动弹不得。报社的一位同事看见我的纳木错之行如此之美，也与当地的记者开了辆越野车去那里。没想到进入纳木错的季节已过，他们的车又陷在野地里，只能等救援团。

而欣赏新西兰这类湖光山色不需要艰辛的跋涉，也没有高原反应，轻轻松松地涉足，这是它的一大魅力。

普卡基湖畔有一家售卖三文鱼的商店，我们在那里吃了午餐。我们没去参观库克山三文鱼养殖场，它是地球上海拔最高的淡水三文鱼养殖中心，养殖场主要利用水电站的沟渠系统运作，由于水流湍急，夏季和冬季温差很大，这让三文鱼不断运动，其肉质也变得细腻可口。现在人工养殖的三文鱼在海里和淡水里都有，我们尝了不少，新鲜是肯定的，口感也不错，可没有吃出更多特别的滋味，也许是期望值太高了吧。

有关新西兰的一个微信平台上有一篇介绍当地哪些鱼可以食用的文章，食用的主要标准在于鱼类中的汞含量。所有的鱼多多少少都含有汞，某些鱼类含汞量尤其高，污染元素会滞留在人体内长达一年之久。

五类可吃的鱼是：第一，野生三文鱼，它有着一流的营养成分，比养殖三文鱼更健康；第二，沙丁鱼，无论是新鲜的还是罐装的，沙丁鱼营养丰富，且价格便宜；第三，凤尾鱼，这些极小的鱼味道十足，配在沙拉和面食里是很完美的；第四，虹鳟鱼，它们对栖息地的水质要求很高；第五，罐装金枪鱼。

下面这些鱼不建议食用：第一，鲨鱼，它在食物链的顶端，吃了很多受汞污染的鱼类；第二，剑鱼，与鲨鱼相似；第三，鲭鱼，有汞中毒的危险，但日本人好像很爱吃；第四，方头鱼，妇女和儿童避免食用；第五，长鳍金枪鱼和金枪鱼排，它们的汞含量属于中等水平，如果要吃，食用量每周不要超过170克。

11

我们来到1884年就在库克山脚下开业的赫米特奇酒店（Hermitage），如果你想享受群山环绕的美景，这里值得你住下来。

库克山国家公园内有十几座超过3000米的山峰，其中最高峰库克山原来是3764米。1991年12月14日午夜时分，库克山顶峰发生了一次雪崩，山峰高度变成了3754米。当然，它依然是新西兰的最高峰。

库克山雄伟壮丽，年均降水量4000毫米，降雨天数约150天，气候条件很不稳定。我们去的时候是阴天，无法看清它的面貌。

英国船长库克从没有来过这里，如此命名也算是对其荣誉的肯定。毛利人把它称为"奥拉基"（Aoraki），意思是"高耸入云的山峰"。在毛利神话中，奥拉基是天父的一个儿子，天父和地母结婚时，他和其他三兄弟一起前去给继母——大地之母——贺喜。四兄弟驾着从天庭而来的独木舟在大海中行驶，遭遇暗礁，船翻了，他们只能苦等救援。救援迟迟未到，倒扣的独木舟变成了南岛，四兄弟变成了南阿尔卑斯山脉，最高峰就是奥拉基。

1998年，新西兰政府和南岛的毛利部落达成协议，在库克山的官方名称前面加了奥拉基，以表示对毛利传统的尊重。

毛利人有一句格言："Mehemea Ka tuohu ahau me maunga teitei"，意思是

"如果你需要低头，那就向高山表达你的谦卑"。库克山是他们的圣山，据导游说，现在毛利人已经不允许人登上山顶了。这让我想起了丽江的玉龙雪山，纳西族人认为神山的峰顶不容亵渎。还有就是，越接近峰顶越容易遭遇雪崩。

库克山当然被人征服过。从世界范围看，库克山并不高，但据说攀登起点很低，而且崎岖坎坷。1894年以来，已有200多人葬身于此。

12

赫米特奇酒店前矗立着出生于新西兰的登山家埃德蒙·希拉里爵士（Edmund Percival Hilary，1919—2008年）的塑像。希拉里少时并没有显示出运动天赋，大学退学后成了一名养蜂人，平时喜欢在南阿尔卑斯山脉登山。1953年，他成为英国珠穆朗玛峰远征队的成员之一。当时，瑞士人和法国人都宣布组成了强大的登山队，准备在1954年和1955年征服世界最高峰。英国人只能背水一战，势必要在这场登山竞赛中拔得头筹。他们到达海拔8350米的补给营地时，只有4个人还有精力继续攀登。这4个人被分成两个小组，第一组由科学家波提隆与艺术家埃文斯组成；第二组成员是希拉里和夏尔巴人丹增·诺尔盖。

5月26日清晨，第一组成员首先出发冲顶。他们一直攀登到黄昏时分，才终于看到珠穆朗玛最后的山脊线，眼看就要大功告成，不料这时，他们的氧气用完了，只好遗憾地折返。

5月27日，连续几天的好天气突然转坏，风雪交加，希拉里与丹增忧心如焚。

希拉里塑像

好在第二天又转晴了，两人赶紧把物资搬运到海拔8500米处，帐篷搭设在山脊斜面的岩棚上。当夜他们在这里宿营，为了节省氧气，睡觉时尽量不用，所以很难入睡。

5月29日，天气很好，他们6点30分就出发了。途中氧气瓶一度操作失灵，令他们很担心。

离峰顶越近，浮雪越深，行动起来越吃力。希拉里每走一步，都要大口吸氧气。他们轮流在前面开路，两人保持六七米的距离，差不多一分钟才能走一步。

1953年5月29日11时30分，他们站上了地球之巅。为了节省时间，他们在峰顶只待了15分钟。

后来一直有人质疑究竟是谁先一步登上了雪峰。不过，在最后阶段，谁先一步登上峰顶都是运气，关键是他们两人合作成功了。

当时伊丽莎白女王刚刚登基四天，她将第一个爵士荣耀授予了希拉里，新西兰5元钞票的正面也是希拉里的肖像。作为珠穆朗玛峰峰顶的首登者，他很受民众欢迎。但他把这些荣誉转化为对慈善事业的支持，并谦逊地表示自己自始至终都是新西兰的养蜂人。

13

库克山有几条徒步旅游路线，其中一条是胡克谷路线（Hooker Valley Track）往返约需4个小时，一边沿着脚下的木板路前行，一边眺望库克山，一路诗情画意。尽头就是胡克冰川和胡克山（Mount Hooker），当然还有库克山。

可惜，我们要坐船去冰河探险，只能舍弃徒步了。我们从赫米特奇酒店坐大巴，半个小时后来到停车场，然后步行20分钟到达塔斯曼湖（Tasman Lake）。

塔斯曼湖上的冰川

塔斯曼湖上的冰川

通往库克山的路

从说明书上得知，大巴穿过的塔斯曼山谷（Tasman Valley）是在18 000年前形成的，那时塔斯曼冰川的规模很大，山谷地面比现在高出约200米，山谷比现在深约600米，全长超过100公里。13 000年前，地球开始暖化，冰川随之缩小。

塔斯曼冰川是新西兰最大的冰川，它的起点是海拔2300米，每年的降雪量为20到30米，凭借自身的重量压缩，形成约7米厚的冰川，向下流动约17公里后遇到库克山体，然后左急转弯再向下流动约8公里，最终到达塔斯曼湖。

我们在塔斯曼湖的末端处下水。1973年的时候，塔斯曼湖只是一个小水坑，但随着塔斯曼冰川持续地缩小，塔斯曼湖在20世纪80年代明显扩大，到了2012年，湖面最宽处达到约2公里，最长处约5公里，最深处约240米。

塔斯曼冰川的前17公里是纯白的，因为位于高海拔地区，它仍然维持着冰冻状态，但它藏于大山后，我们无法看得清楚。

我们面前的最后8公里冰川可没想象中那么漂亮，它被岩石冰体（由岩石、碎石和泥土组成）所掩盖。由于这部分位于温度比较暖和的雪线之下，上层冰川已经融化并露出内部曾经被冻结的冰川体，看上去很丑陋。这种碎石其实会对冰产生保护作用，减缓其融化的过程。

14

在岸上远观塔斯曼湖上那些颜色有些灰暗的冰山，我多少有些失望。可登上小橡皮艇真正接近冰山时，我的心情顿时激动起来，尤其是亲手将冰掰下来时，我的好奇心得到了满足。

我是第一次这么近距离地观察冰山。冰山露出水面的部分仅占十分之一，十分之九淹没在水面之下，随着冰山融化和移动，它会尽量维持其原有的比例。冰川内混有的杂质可能会使它产生裂缝或发生脆裂。

我们刚进入湖中时看见一座冰山上有一个蘑菇形的冰块，造型别致。可等我们挨个看完几座冰山，回来时发现上面的蘑菇形冰块竟然不见了。

裂缝和破裂最终会导致一部分冰山的消失，这时剩下的冰体可能会上升，甚至翻滚。也就是说，看似安静的冰山也是有脾气的。其实，湖面上所有的冰山都是漂浮的，由风和水来决定它的方位，冰山在一天内就可以从湖的一端移动到另一端（总长5公里）。

冰河探险之旅的说明书告诉我们，冰川的冰层是经过多年挤压形成的。这种高密度的冰层，除了波长最短的蓝色以外，可吸收光谱中其他所有的色光。所以，冰川呈现出一种非常独特的"钢蓝"色。

库克山国家公园的塔斯曼河

我儿子富有想象力，他掰了一块冰，说是要品尝"千年古冰"。积雪带的雪约需 300 多年才能移动到冰川中并最终流到塔斯曼湖，我们在湖水中看到的冰块就是超过 300 年的积雪所形成的。

我们的橡皮艇不敢太靠近黑黢黢的冰川，因为万一冰川崩塌，引起的波浪可能会有两三层楼高，那就是灭顶之灾了。

我们从当地资料和驾驶橡皮艇的导游那里了解到了一些可能发生的危险，没想到看似稳重的冰川竟有这么大的破坏力。

这些冰川科普常识看似枯燥，可极大地丰富了我们对自然世界的理解，真是在阅读地球的历史。

15

早上路过普卡基湖时，天色有些阴，拍出来的照片不理想。家在新西兰的朋友小鱼忙发来晴天时她在普卡基湖拍的照片，看上去亮丽得像天堂。我们下午 5 点左右返回普卡基湖，天空竟然放晴了，湖水真正显出了冰川粉末所折射出来的牛奶蓝。

我们很快抵达南岛的最后一个景点，也是最热门的地方：蒂卡波湖。

一路上看了这么多的湖，到了蒂卡波湖，竟也不觉得有什么新奇的了。焦点当然放在 1935 年由欧洲拓荒者建立的好牧人教堂上，建筑最初的设计为哥特式风格，后来变成了石结构小教堂。很难想象如果保留了最初哥特式的风格，现在的景致会是什么样的，因为简朴的小教堂完全融入了周遭的环境，用一个词来形容，就是合适，应该说是太合适了。

小鱼一直通过微信"追踪"我们，看见我们到了小教堂前，她转发了一段自己的感想：

普卡基湖（小鱼摄）

　　去过世界上一些大小教堂，给我印象最深、震撼最强烈的教堂却是位于新西兰南岛蒂卡波湖的好牧人教堂，它没有米兰圆顶大教堂哥特式的繁杂、威尼斯圣马可大教堂拜占庭式的华丽、巴黎圣母院的宏伟、巴塞罗那圣家堂的奇特，它质朴无华，建筑材料是就地取材的石头，里外都没有任何多余的装饰。走进教堂，窗外的雪山湖景直映眼帘，但最吸引你眼神的却是放在圣坛上的小小的十字架，让你不由想起当年初到此地的定居者在如此艰困的环境中生存，一定是他们的信仰在支撑着。

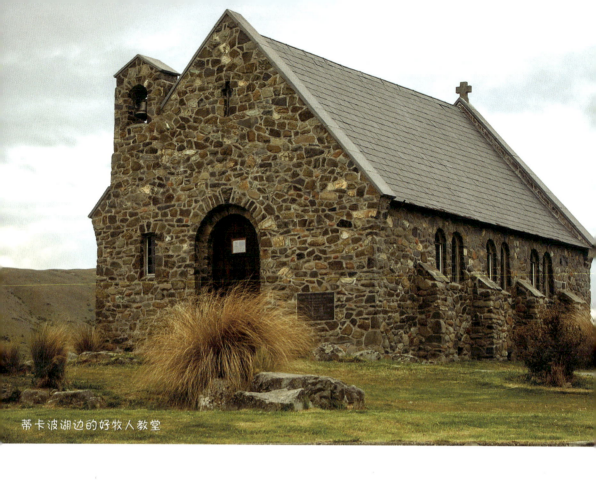

蒂卡波湖边的好牧人教堂

　　小教堂附近有一座青铜牧羊犬雕像，上面写着"没有牧羊犬的帮助，就不可能在这山区里放牧"。我们前面提到过那条叫"星期五"的牧羊犬帮助大盗麦肯奇偷运上千只羊到这里的故事，这座建于1968年的雕像就是为了纪念这些吃苦耐劳的牧羊犬。

　　小鱼提醒我们，夕阳西下的蒂卡波湖会非常美。

　　当时是旅游旺季，餐厅不容易找。我们放好行李，到处找餐馆，这时看到湖边红彤彤的，夕阳正在西下。我们赶紧去一家意大利餐厅找到座位，然后冲出去，然而夕阳已去。

　　我见旁边的女士拍到了夕阳西下的美景，便让她通过微信发几张照片。红云下的南阿尔卑斯山真是艳丽。

16

吃完饭，天色彻底暗下来，满天星斗。我们朝蒂卡波湖畔走去，距离不远，可是没有月光，四周漆黑一片，只能用手机微弱的亮光摸索前进。

小教堂附近已经聚集了一些人，但大家都不说话，抬头望着星空。我已经读过不少介绍蒂卡波星空的文章，可抬起头来看，还是被美得目瞪口呆。我仿佛被密密麻麻的星空笼罩着，呼吸都变得急促起来。

儿时，外祖父住在上海陕西南路和永嘉路转角处的5层楼上，当时是那一带最高的建筑。晚上，我们坐在阳台上乘凉，仰望星空。记得外婆还给我们讲牛郎织女的故事，那时我最起码可以看到几百颗星星。现在天气好的时候，我在浦东世纪公园附近也只可以看到十几颗。

可是在蒂卡波，我们能看到几千颗星星。

我无法分辨各种星座的名称，可我能看明白无数颗星星组成的银河，真是壮观。只有在这时，我才恍然大悟，明白了古人为何如此重视天象。没有光污染，他们可以看到许许多多的星星，他们会感受到星星对自己的影响：君王害怕星宿的变化给自己带来厄运，哲学家将星星与道德律等量齐观，普通人喜欢用十二星座来揣测自己的命运。

今天许多地方因为无法看到星空的精彩，失去了和星星的联系。

日本的天文学家渡部润一在《星座之美》中告诉我们："在南半球看到的星空和在北半球看到的截然不同，南半球的星空中都是南十字座这种我们从来没有见过的星座，南天的星座以南天极为中心，围绕着南天极旋转。闪耀在北半球星空中的北极星躲到了地平线之下，在北半球最常见的猎户座也变成了头下脚上的样子，出现在星空的北面。"（南海出版公司，2014年）

我们在蒂卡波仰望星空的时候是在2月中旬，一个月后，南半球进入秋

南十字星群和苍蝇座

天（3月到5月），南十字座会升到最高的位置，是最佳的观测时机。

南十字座是由 4 颗星星构成的天空中最小的星座，是由 16 世纪的探险家命名的。澳大利亚、新西兰、巴西、萨摩亚和巴布亚新几内亚的国旗上都有南十字座的图像。

"和北天相比，南天的银河看起来更加明亮、壮丽，因为在南天看银河，是面向银河系的中心方向观测。"

如何探寻南天极？《星座之美》给出的答案是："南天极和北天极不一样，没有一颗和北极星相对应的'南极星'，那里只是一片空空荡荡的天空。要想准确定位南天极，必须依赖南十字座，将南十字座较长的一条边向亮星方向延长 5 倍，就是南天极。"大航海时代，在南半球的茫茫大洋上，南十字座是非常重要的指路标。

第二天，太太还是激动不已，在微信上感叹：

　　昨夜，在瑟瑟寒风中，跟随满天闪烁的星星，从酒店出发，一路来到新西兰南岛的蒂卡波湖畔。抬头仰望星空，深邃幽黑的天空在满天繁星的点缀下，如360度的环幕电影展示在眼前！生平第一次看到如此灿烂的星宿！第一次清晰地凭肉眼看到了神奇美丽的银河系，南十字星座和最闪亮的天狼星——低处的星星仿佛就在面前，一闪一闪的，好似天使在挥动着萤火棒歌唱赞美造物主的伟大！这一刻无法用言语来形容，也无法用相机去记录，只能用心灵来感受！神啊！你铺张穹苍如铺张幔子！你的创造何其美妙！我心发出赞叹！

星空下的好牧人教堂

第六章

派希亚、拉塞尔和岛屿湾

1

毛利神话中，半人半神的毛伊（Maui）居住在古老的夏威基（Hawaiki）。有一天，毛伊和他的哥哥们出海钓鱼，他发现鱼杆出奇地沉重，忙喊来哥哥们帮忙，他们费力拉上来的这条鱼就是北岛，古代人称之为"毛伊的鱼"。首都惠灵顿及其周围是鱼头，鱼尾则朝北伸向雷因格海角（Cape Reinga）。南岛是"毛伊的独木舟"，斯图尔特岛（Stewart Island）是他停船的锚。由于毛伊的哥哥们迫不及待地切割鱼肉，鱼拼命挣扎，形成了北岛今天的高山、峡谷、湖泊和崎岖的海岸线。

接下来的三天，我们要走的是北岛的北部地区。不管是毛利人的祖先还是欧洲的殖民者，他们最喜欢的是北岛，而北岛的北部地区又是他们最早到的地方。所以到远北，一定要了解历史，否则会兴味大减。

其实，在南岛，我们阅读的主要是地球的历史；在北岛，阅读的是人的历史。

我们早晨从奥克兰（Auckland）出发，中午到达岛屿湾（Bay of Islands）地区的中心派希亚（Paihia）。

我们在派希亚住了两个晚上，面朝大海，景色很美。

更好的地方是从派希亚乘坐10分钟的快艇即可抵达的对岸小镇拉塞尔（Russell）。过去，毛利人把它叫作科罗拉莱卡，意思是"好吃的企鹅"。1790年以后，新英格兰人的捕鲸船很喜欢到这里找乐子，仅从1833年到1839年，就有271条捕鲸船先后到访，那个时期的拉塞尔镇充斥着酒精和性，所以被传教士称为"太平洋的地狱"。

但今天走在拉塞尔的街道，全然没有当年的乱七八糟，尤其是早上，安静的街道，典雅的木屋，一派祥和。

我们在建于1836年的新西兰最古老的教堂里坐了一会儿，1845年英国皇

拉塞尔博物馆

拉塞尔小镇的基督教堂

家海军"冒险"号的 4 名船员就是在这附近被杀的，墓碑放在教堂里。教堂墓地埋葬着许多早期移民者的孤魂。

拉塞尔曾是新西兰最早的首都，但很快被奥克兰取代了。

曾经有朋友指出，如果只有派希亚或拉塞尔两个游览选项，他会选择后者。那里有小巧且洁净的殖民时代的老房子，浅棕或淡黄的漆面显得更为古典清幽。屋顶上的铸铁风向标，虽锈斑剥落，却更凸显出岁月的沉淀。

2

派希亚最值得去的地方是怀唐伊（Waitangi）自然保护区内的《怀唐伊条约》（以下简称"条约"）缔结地纪念馆（Waitangi Treaty Grounds）。

要了解新西兰的历史和今天，就得明白条约是怎么回事。可要明白它是怎么回事，尤其是评估它，却各有各的说法，没有定论。

怀唐伊自然保护区与派希亚只是一桥之隔，1840 年 2 月 6 日，毛利人与英国王室代表威廉·霍布森（William Hobson）中尉签订了条约，把新西兰的主权让给了英国。

去新西兰之前，我对《怀唐伊条约》很感兴趣。到了新西兰，经过多方打听毛利人的现状和条约的纠葛，我觉得自己成竹在胸，准备长篇大论，后来越读历史，越觉得不好下笔，这不是道听途说的我能准确把握的话题。

条约遗址内有条约之屋（Treaty House）、毛利会堂、独木舟和老旗杆等。这处遗址面向大海，有大片的草坪，里面的设计也不错，还是值得看看的。毛利会堂和毛利独木舟都建于1940年，以纪念条约签订100周年。后者是历史上最大的独木舟，有36米长。每年2月6日，会有80个船手在海上划船，纪念"怀唐伊日"。我看过众多毛利人划独木舟的录像，很有气势，速度极

条约之屋

快。条约之屋建于1833年到1834年，周围是英国式花园，原是第一任英国行政长官巴斯比的官邸。

3

从派希亚坐船，可以走一圈岛屿湾。岛屿湾也被翻译成群岛湾，因为有140多座岛屿，风光迷人。1769 年，库克船长成为第一个来到此地的欧洲人，他指挥的"奋进"号在罗伯顿岛（莫图瓦罗赫瓦）抛锚了，他在航海日记中对此做了详细记载。

我们的游轮停靠在岛屿湾最大的乌鲁普卡普卡岛（Urupukapuka Island），它拥有 13 公里的海岸线和沙滩。岛上的小山是俯瞰大海绝佳的位置，我们爬了上去，在极蓝极蓝的大海背景下，山坡上羊儿到处跑，美不胜收。

我在北岛前后爬过几个高地俯瞰四周，都还不错，可在这个岛的山上，感觉最好。

游轮还会穿越一个石中洞，有些刺激。库克船长在 1769 年 11 月 27 日的日记中写道：

我以皮尔斯爵士的名义将它命名为"布雷特角"。该岬角的陆地比附近海岸的陆地高出很多，岬角是一个高的圆顶小山丘，在其东北偏北将近 1 英里外的海域，有一个小而高的岛或者说是礁石，那岛中间穿了个洞，像一个桥洞的样子，这也是我给这个岬角取这个名字的一个原因——"穿透"这个词非常适合形容这个岛。这个岬角，或者至少是其中一部分，被当地人称作"莫图戈戈"。（《库克船长日记："努力"号于 1768—1771 年的航行》，商务印书馆，2013 年）

大家最感兴趣的是海豚在游轮周围此起彼伏、高高跃起的场面。我也是第一次看到如此多的海豚在自己身旁欢乐，喜不自胜。

海豚和人的关系很密切。在历史上，新西兰海域有两条大名鼎鼎的海豚，一条叫杰克，1888 年至 1912 年间经常护送船只渡过危险的海域。如果杰克与两艘船相遇，它会追逐那艘快的、超越时速 30 公里的商船。

还有一条叫奥普的年轻的雌性宽吻海豚，1955 年和 1956 年的两个夏天都在奥波诺尼的浅滩与人玩耍，人们可以抚摸它的皮肤，抱着它游。奥普还会不断变化姿势和动作，引人关注。可惜，它不久就死去了。

2008 年 3 月，又有一条叫莫科的海豚英雄在北岛东海岸的玛希亚沙滩出现。莫科成功地救起了两条搁浅的小抹香鲸，带领它们穿过狭窄的海峡，回到大海。

岛屿湾偶尔也会出现鲸鱼，但我们的运气没那么好。

4

岛屿湾以北的地方被称为"远北"（Far North），是新西兰最温暖的地方。我们去那里主要是为了看雷因格海角、九十英里海滩（Ninety Mile Beach）和贝壳杉森林。

贝壳杉应该说是新西兰特有的，它是世界上最大的巨型树种。长了近2000年的贝壳杉，树干的直径能达到5米，高49米。贝壳杉不会逐渐变细，除非长出树枝，而树枝有时在20多米的地方才长出来，这样贝壳杉就能提供笔直的圆柱形的木头。

古代毛利人的大型独木舟就是用贝壳杉的树干制成的。欧洲殖民时代，贝壳杉曾是新西兰主要的木材，也是新西兰最大宗的出口产品。但由于过度砍伐，到了1900年，贝壳杉森林只剩下10%，如今只有不到4%了。

乔·本内特（Joe Bennett）在《一分为二的土地》（*A Land of Two Halves*）中如此描述贝壳杉：

乔叟出生之时，它只是一棵坚固的小树；莎士比亚出生那年，它已然300岁高龄，它比欧洲大多数的大教堂更为古老。它的躯干笔直庞大，直入天际，到上半部才渐生旁枝，蕨类从它的缝隙间萌芽。它的树冠是一个巨大的不对称体，如同倒置的根系。我倚着它，拍打它，如同在拍打一座建筑物。这是一棵托尔金小说中的大树，这是一棵贝壳杉。

我们参观了普凯蒂森林（Puketi Forest），占地1.5万公顷，包括新西兰最大的贝壳杉森林，面积7000公顷。在观光步道上走一小圈，多少能领略贝壳杉的高大挺拔。新西兰最大的贝壳杉在北岛西海岸的怀波阿森林保护区

贝壳杉

贝壳杉

（Waipoua Kauri Forest），周长约 16 米，毛利人称之为"森林之父"。还有一棵高约 51 米的超过"森林之父"的"森林之神"。

游客会路过的古老的贝壳杉王国其实就是一家贝壳杉家具和手工艺品的专卖店，里面有一架重达 50 吨的原木楼梯，有点意思。我很喜欢拉塞尔和旺阿雷（Whangarei）等北部地区殖民时代的建筑，材料都是贝壳杉，很是漂亮典雅。

新西兰禁止砍伐贝壳杉，如今可以使用的是数万年前因地壳运动或自然灾害而被埋藏在地下的木材，被埋了 45 000 年还能使用，奥妙在哪里？

原来贝壳杉会分泌一种特殊的树脂保护树体，这些树脂在偶然状态下将许多贝类、螺类及许多古代生物包裹起来，树木倾倒后，因地壳变动而长眠地下，形成珍贵的贝类琥珀。

2015 年 3 月，包括新西兰前总理海伦·克拉克在内的 1 万名奥克兰市民为了保住当地一棵有 500 年历史的贝壳杉，不惜通宵守候。市议会先前批准砍伐这棵树，以腾出空间建造两栋住房。在各方压力下，买下土地的开发商表示不会砍掉这棵贝壳杉和另一棵有 300 年历史的古树。

据说新西兰政府修改了资源管理法，导致市内的古树无法得到保护。

我回到上海之后通过各种平台了解新西兰的新闻，像个当地人那般关心发生的事件，弥补信息的不足和漏洞。

5

新西兰的最北端是萨维尔悬崖（Surville Cliffs），但大家仍然把离它 30 公里的雷因格海角视为最北的景点。海角上有个小小的白色灯塔，建于 1941 年，是从其他地方搬移过来的，每隔 12 秒就会闪一次，连 50 公里以外的人都可以看到。

雷因格海角的灯塔

我们去的那天风和日丽，看着塔斯曼海与太平洋的交汇处，心旷神怡。但碰上暴风雨天，这里会激起 10 米高的巨浪，够骇人的。

灯塔前竖立了一个象征性的路标，标明从这里到世界各地的距离，如："此地距布拉夫（新西兰的最南端）745 英里，距赤道 2065 英里，距悉尼 1065 英里，距苏瓦 1030 英里，距巴拿马 6579 英里。"

在毛利人的传说中，他们的灵魂是沿着海岬偏东面的一棵 800 年树龄的波胡图卡瓦树踏上返回家乡哈瓦基之路的。我们前面介绍过，这种树在 12 月的北岛盛开鲜红色的花朵，被称为新西兰的圣诞树。导游告诉我们，波胡图卡瓦树的树叶与中国的榆树叶很相似。

想到毛利人的灵魂曾在这棵大树下排队离开，一种离愁别绪油然而生，当年他们从故乡来到新西兰，可新世界再好，还是想回到自己的故土。

6

远北地区，我最想去的是位于北角西侧的九十英里海滩。这里绵延的海岸线其实只有64英里（100公里），应该叫90公里海滩更加合适。按当时传教士以马的平均日行速度30英里计算，整整走了3天，他们竟然没考虑到松软的沙地上，马的速度会大大减慢。

九十英里海滩曾经是国道，汽车可以高速行驶。可是，只能在退潮后，若涨潮，说不定会深陷其中，被海浪给卷跑。如果是租车，是禁止在这里行驶的。

我们坐的是特殊的旅游团四轮驱动大巴，而且有四辆前呼后应，万一深陷其中，大家好有个照应。据导游说，曾经有辆大巴因此报废。

大巴在沙滩上飞驰，或故意做些刺激动作，也十分有趣。我很纳闷，汽车何以能在沙滩上飞驶？世界上还有其他海滩是这样的吗？

1932年1月26日，澳大利亚人史密斯驾驶汽车在九十英里海滩创造了行驶10英里的世界纪录，时速264.06公里。今天这个纪录已经是每小时400多公里了。

据说有个姓Te Kao的毛利勇士沿着九十英里海滩南下，跑了很远的路到阿希帕拉（Ahipara），从蒂拉拉瓦人（Te Rarawa）那里偷了两筐甘薯，然后在蒂拉拉瓦人愤怒的追逐下，又带着甘薯飞跑回家。现在每午3月都会举办一场马拉松挑战赛来纪念这位大盗。

雷因格海角南方的西海岸面对塔斯曼海，常有强烈的西风吹拂，日渐形成壮观的蒂帕基流沙溪（Te Paki Strea），有时黄沙被强风刮起，就像沙漠里的风沙一样。此地的沙丘颜色纯净、细滑，加上坡度陡直，只要使用普通的滑板就可以在此体验难得的滑沙快感。

我们从15米高的沙丘上借助滑板滑下，人平躺在滑板上面，用两只脚控制方向和刹车，不被轻易埋在沙子里，否则摩擦力大增，没法有效滑沙。

其实，蒂帕基流沙溪也是汽车不容易通过的地方，它是北部前往九十英里海滩的唯一通道，一些私家车经常在这里陷入困境。

退潮后的九十英里海滩在阳光下平滑如镜，人影照在上面，犹如梦幻中的天堂。我去过很多海滩，很少体验类似的感觉。

7

在回奥克兰的路上，我希望导游能在派希亚和旺阿雷之间的小城镇卡瓦卡瓦（Kawakawa）稍作停留，观赏由奥地利艺术家和生态建筑师佛登斯列·汉德瓦萨（Friedensreich Hundertwasser）设计的公共卫生厕所。他从1973年直到2000年去世，都住在卡瓦卡瓦附近一所没有电力供应的偏僻寓所内。

在维也纳和大阪都能看到汉德瓦萨设计的具有独特曲线风格的建筑，这间厕所也不例外。而且所有的建材都是对旧建筑材料的再利用。厕所的用料有玻璃牛奶瓶、烧瓶，还有从银行大楼拆下来的瓷片。红色的圆柱，蓝白相间的内墙，红褐色的地板，金色的圆球。男厕内部的奶瓶砖墙宛如教堂的彩色玻璃，使透入的阳光显得捉摸不定。

我回来后，才知道小镇上还有建筑师的另一个作品：一条穿过主街中心的铁路，游客可以乘坐蒸汽机拖着的火车兜风45分钟。

这间"艺术厕所"每年会吸引数十万游人前来参观。据说，建筑师有心为卡瓦卡瓦进行整体设计，但因缺乏预算，没有实现。小镇现在当然很后悔啦，一个厕所就让这么多人参观，整个小镇会是什么概念？

最后，我们经过北部最大的城市旺阿雷，它的人口也就48 000人，但港口挤满了帆船和快艇，可能是来自世界各地的船只为了躲避南太平洋的台风

卡瓦卡瓦小镇

而停靠在这里的吧。

旺阿雷有一家钟表博物馆，虽然收费，让孩子看看还是值得的。

还是一些学者的观察更为仔细，据说这里还有这样一个故事：阿奇博尔德是一个7岁的小男孩，自打收到父亲送给他的音乐盒后，就彻底迷上了发条与齿轮。移居新西兰后仍到处搜集钟表，自己动手修理改装，他的创意天马行空，包括数字颠倒、逆时针行走的时钟等。

我们参观博物馆时，没有导游，只能看看热闹，里面有古埃及水钟、南太平洋岛民的计时器，后者是半只钻有小洞的椰壳，盛满水后漏尽恰好是40分钟。

汉德瓦萨设计的公共厕所

德国人最爱的是一个木雕的玩偶头像的计时器，头像两眼边上的刻度，左眼计时，右眼计分。

　　博物馆门前小广场上有个 22 米长的日晷，太阳投射的阴影移动到地面不同的刻度，一直到 19 世纪，这种太阳钟仍是机械钟表调校时间的最佳标准。

第七章

怀托摩、陶波湖与罗托鲁亚

1

从奥克兰出发，沿着新西兰最长的河流怀卡托河（Waikato River）朝北岛的中部行进，首先来到怀托摩萤火虫岩洞（Waitomo Glowworm Cave）。

怀托摩，毛利语的意思是"水流进入地里的洞穴"。地图上表明该地区有300多处洞穴，主要包括三大岩洞：怀托摩岩洞、阿拉奴依岩洞（Aranui Cave）和鲁阿库力岩洞（Ruakuri Cave）。

阿拉奴依岩洞的发现很偶然。1910年，一位名叫阿拉奴依的毛利年轻人和他的猎狗追逐一头野猪，野猪在山麓边的洞口消失了，狗紧追不舍跟进去，年轻人也循着狗叫声进入偌大的岩洞。

阿拉奴依岩洞十分干燥，不适宜萤火虫生长，但绚丽多姿的粉红、白色和淡棕色钟乳石还是值得一看的。

当然，我们的首选还是怀托摩岩洞。

本地的毛利人知道有这么个洞穴，但一直不肯暴露秘密。1887年，英国测量家福瑞德·梅思（Fred Mace）终于说服了酋长潭内·提诺劳（Tane Tinorau），让他一窥究竟。他们划着亚麻梗编成的小筏，顺着怀托摩河进入洞穴，唯一的照明是蜡烛。

我们不难想象他们在眼睛适应了周围的黑暗并发现了环绕在他们身边数不胜数的萤火虫时的兴奋之情。在那之后他们数度造访该地，寻找比较容易进入这些洞穴的路径，并发掘了令人赞叹的石灰岩造型。

1889年时，怀托摩洞穴已经对外开放了。今天，洞穴的许多工作人员都是毛利酋长提诺劳的直系子孙。他们能够控制该自然垄断产业，真是幸运。

怀托摩岩洞

2

怀托摩岩洞内的钟乳石和石笋在中国很常见，岩洞的奇特之处在于这里是新西兰萤火虫的寄居之地。

首先要澄清一个概念，新西兰或澳大利亚萤火虫不是一般意义上的萤火虫，后者指的是尾部能发光的甲虫。

新西兰萤火虫的学名是小真菌蚋，是一种外形像蜘蛛的发光幼虫。

据官方指南介绍：

新西兰萤火虫拥有一双翅膀，它们在幼虫阶段就会发出光芒，吸引其他作为食物的飞行昆虫。

为了生存，这种萤火虫需要一个特殊的栖息地：具有湿气，以防过度干燥；表面可让其附着，并垂挂黏稠如蛛丝般的捕食线；平静无风，以防丝线相互缠绕；幽暗的环境，让其发出的光芒吸引食物；以及有源源不断的食物，供它们捕食。

怀托摩洞为萤火虫提供了一个绝佳的环境，还有河流会给它们带去大量食物。

萤火虫的生命周期可以分为四个阶段：

第一阶段：虫卵。雌萤火虫产下大约120个球状虫卵，大约20天之后，幼虫自虫卵中孵出。

第二阶段：幼虫。幼虫在孵出之后会筑巢、垂下丝线并捕食。丝线上黏稠的物质可以困住昆虫，幼虫用丝线将其提起来，然后饱餐一顿。它们此时身长3厘米不到，却能发出肉眼可见的光芒。经过9个月的时间，它们逐渐成长到像一根火柴棒的形状和大小。

第三阶段：虫蛹。这是介于幼虫和成虫之间的阶段，相当于蝴蝶生命周期中的蛹。该阶段将持续13天，虫蛹由一根丝线悬于空中。

第四阶段：成虫。成虫的外形像一只大型蚊子，它们没有嘴巴，唯一使命就是繁衍后代。雄虫通常会在虫蛹旁边等待雌虫出现，然后马上进行交配。成虫的生命不过短短数日。

我们在略有些光线的山洞里看了萤火虫第二阶段的生存状态，坦率地说，黏糊糊的丝线让我很不喜欢。

接下来，我们坐船在漆黑一片的河流里行进，周围鸦雀无声。这时抬头仰望岩洞的顶部，哇，到处是萤火虫。很像星空，但没有那种震撼力，而是充满了童话世界的离奇感。在黑暗中的时间并不长，可已经很过瘾了。

蒂卡波的星空、塔斯曼湖的冰川和怀托摩的萤火虫洞，都是我人生的初次体验，当然激动无比。

我朋友的船上有个孩子在哭闹，导游迅速将船划到出口。洞里不能发出响声，也不能用灯光照射，更不能触碰萤火虫的"吊床"或悬垂的丝线。这些行为都会导致它们发出的光线变得暗淡，需要花上好几个小时才能再次亮起来，在此期间幼虫都会挨饿。

怀托摩等地有个叫"黑水漂流"的娱乐项目，所谓的"黑水"，是区别于露天的"白水"或"白浪"，是在黑暗的洞穴中，穿着潜水服，戴着有照明灯的头盔，乘坐轮胎制成的筏子顺水前行。在怀托摩的洞穴里，黑水漂流时还能看见发光的萤火虫。

3

当天下午，我们前往罗托鲁亚（Rotorua）。途中路过新西兰的第一大湖——陶波湖（Lake Taupo）。陶波湖面积 616 平方公里，比新加坡的国土面积稍小些。导游经常说陶波湖能装下新加坡，这话不准确。

2000万年前，太平洋下方的两大板块以蜗牛般的速度相互撞击。在南岛，产生了库克山。板块的移动导致岩层熔化，形成了岩浆（熔化的石头）；这些岩浆大多流到了北岛下面，北岛因此成为新西兰火山活动和地热活动的中心。

陶波湖是世界上最大的火山湖之一，它本身就是一个火山口，历史上曾多次喷发。公元181年，陶波火山再度喷发，这是5000年来最具威力的一次，一共产生了约104立方千米的石头和火山灰（还有一种说法是300立方千米），这些物质将整个新西兰覆盖了1厘米厚。据说罗马历史和我国东汉末年的史书上都记载下了这次喷发：烟雾弥漫的天空和"将要燃烧起来"的日落。

有位毛利酋长第一次踏上陶波湖地区时感到脚下发颤，认为地下是空的，所以称这里是"有回音的脚步"。现在的Taupo则是源自一个叫"Tia"的毛利人，他发现了这个湖，并盖着斗篷在湖边睡觉，于是这里就被称为"Tia的大斗篷"（Taupo Nui a Tia）。

我们去的那天天气晴好，湖后面的汤加里罗国家公园（Tongariro National

陶波湖边的岩石雕刻

Park）的雪山清晰可见，它们看上去很安静。其实这里的汤加里罗火山、瑙鲁霍伊火山和鲁阿佩胡火山都是新西兰最危险的火山，在这100年内异常活跃。

陶波湖畔阳光普照，人们三三两两地在闲聊看书或玩耍，孩子在水里嬉戏，一条狗有些犹疑是否要下水，最后忍不住下水追逐孩子与主人。远处有一架水上飞机，司机是个女孩子，忙忙碌碌的。不久，几位客人登上了飞机，飞机慢慢地挪到湖面的安静处，然后起飞了。

大群大群的鸭子在等着人们喂食，这与南岛的瓦纳卡和皇后镇很是相像。

但在2015年3月初，奥克兰媒体提醒大家不要到当地的鸭子湖喂鸭子，因为鸭子湖禽类肉毒杆菌暴发，受感染的天鹅和湖鸭面临死亡和瘫痪的危险。这种疾病暴发的原因之一是游客把食物扔进湖里喂鸭子，食物长期积累在湖中滋生了病菌。

感染肉毒杆菌的鸭子和天鹅无法让头一直保持在水面以上，如果没有被及时发现，很有可能在当天晚上就会淹死。

每年5月到6月底是新西兰政府规定的"猎鸭季"，其他时候猎鸭违法。猎鸭季内，会有数千只鸭子"死于非命"。2017年，新西兰多个地方出台了新的规定，限制半自动猎枪以及气动枪的枪械储弹，给鸭子"一个逃命的机会"。

怀卡托河的源头就是陶波湖，在离源头1.6公里处流入一个狭窄的火山岩谷。河面从100米宽急剧收窄至十几米宽，形成瓶颈，水流以每秒22万升的速度咆哮着喷泻而下，落入泛着薄荷青的白色泡沫的湍流中。

这就是毛利人称为"Hukanui"（雄伟的奔泉）的胡卡瀑布（Huka Falls），据说是新西兰国内游客最多的观光景点。胡卡瀑布其实只有10米多高，与一般垂直型的瀑布不同，胡卡瀑布的水流好像是横过来似的。我在美国的黄石公园也看到过极其类似的瀑布，印象中比胡卡瀑布还要湍急。

4

据传，最早的一批毛利人于 14 世纪在丰盛湾登陆，来到罗托鲁亚。罗托鲁亚湖是他们发现的第二个湖，于是就用土语"罗托鲁亚"（第二个湖）来命名。

这太没有诗意了。不过，发生在罗托鲁亚莫科伊阿岛（Mokoia Island）上真实的毛利人的爱情故事却挺迷人。

希内莫亚（Hinemoa）是当地一名德高望重的酋长的千金，住在罗托鲁亚湖畔。她长大成人后，许多求婚者慕名而来，但没有一个被部落长老看中。图堂纳凯（Tutanekai）是莫科伊阿岛上一户人家的幼子（另一说是私生子）。在一次部落集会中，两人相遇，一见钟情。虽然他长得相貌堂堂，也很有才能，却不被希内莫亚的父亲所接受。

希内莫亚听见了图堂纳凯在岛上以表相思之苦的笛声，少女的心被打动。但她的族人早把独木舟拖到岸上，让她无法赴岛上约会。

希内莫亚脱去衣服，把几个葫芦绑在身上，以增加浮力，从湖岸游了过去。到了岛上，她赤身裸体，只能跳进温泉里。这时，一个男人来温泉旁的冷泉取水。她装出男声，问是何人，对方回答是图堂纳凯的奴隶。她故意将奴隶取水的葫芦摔碎，奴隶只能回去，让其他人来。别人的下场也一样，图堂纳凯只得亲自前来，见是希莫内亚，欣喜若狂。

第二天，奴隶发现他们睡在一起，马上向族长汇报。族人很担心女方的部落借此宣战，没想到对方原谅了他们。于是，有情人终成眷属。

人们根据 300 年前的爱情喜剧谱写了最著名的情歌《波卡列卡列安那》，至今仍在毛利人的婚礼上被传唱：

胡卡瀑布

麻烦的是罗托鲁亚的湖水，

如果你横越了它，女郎，它会变得平静无波。

来到我的身边吧，女郎，

我是如此地爱你，我的爱永远不会在阳光里枯竭，

它将永远与我的眼泪一同湿润。

我已写了信，我也送了戒指，

如果你的族人发现了，我们就有麻烦了。

我的笔已写断，我的纸已用罄，

但我对你的爱永不匮乏。

5

罗托鲁亚到处弥漫着硫磺的气味，时不时碰到一些冒着白烟的地方，很像日本的九州。罗托鲁亚曾被称为"南太平洋温泉之乡"，是新西兰最早的温泉度假胜地之一。

我们参观的是当地的毛利文化村，村里也有泥浆泉和间歇泉，如果没有去过美国的黄石公园，还是可以看看的。

据说要看货真价实的地热活动，得去南部的怀芒古火山谷（Waimangu Volcanic Valley）等地方，那里的地热景象更为丰富。这里的塔拉威拉山坡（Mt Tarawera）与罗托玛哈纳湖畔（Lake Rotomahana）曾有过粉白梯形丘，富含矿物质的间歇泉水从山腰泻下，形成了一股股温泉，当温泉水汇入罗托玛哈纳湖时，水温逐渐下降。

1886 年，塔拉威拉火山爆发，美丽的梯形丘毁于一旦。这次火山爆发的轰鸣声甚至传到了奥克兰，导致 153 人死亡。

泥浆和火山灰将蒂怀罗阿村掩埋了。火山爆发前 11 天，一艘毛利战船出现在罗托玛哈纳湖的薄雾中，随后消失不见了。

村庄的祭司预言，这意味着灾难即将发生。但已近百岁高龄的祭司没有躲避，他的小屋也被掩埋了，火山爆发后四天，他被救出，几天后去世。

从人们对粉白梯形丘的描述看，我猜它应该和黄石公园的猛犸温泉相似。

还有一个纪念当时总督兰弗利的女儿诺克斯夫人的间歇泉（Lady Knox Geyser），确实很别致。1901 年，几个被流放的罪犯在这里洗衣服，21 米高的间歇泉突然喷出来，把他们给吓坏了，后来才发现是他们洗衣服的肥皂催化了间歇泉的喷发。诺克斯夫人间歇泉包括两部分，一部分比另一部分的水温要稍高一些，往顶部的水池中加入肥皂后，表面张力下降，两个池子里的水混合在一起，于是间歇泉就喷发了。

每天上午 10 点 15 分，公园管理员会用一小包肥皂粉准时引爆诺克斯夫人间歇泉，有兴趣的朋友可以前去一看。

夜间泡罗托鲁亚市中心的波利尼西亚温泉是一大享受，室外的温泉面对罗托鲁亚湖，家庭成员可聚在一起，眼前是湖景，抬头是灿烂的星空，非常惬意。唯一遗憾的是，我们没有带游泳裤，又不想租借，只能买新的。一家三口，三条游泳裤，价格是人民币 1000 元，式样又很肥大，回家后再也不穿了。

6

毛利文化村（Mori Village）里还有一间观察几维鸟的房子，我们不敢发出一点声音，在黑暗的小屋子里慢慢走着，靠近它们住的玻璃橱窗往里看。但黑暗中根本看不见，于是只能通过电视屏幕观察，它被探头照着，一动也不动，

罗托鲁亚壮观的火山口湖

诺克斯夫人间歇泉

罗托鲁亚附近的火山

不知是死是活。

真让人扫兴，在澳大利亚，树袋熊吃了让其麻醉的树叶，一天到晚昏睡不醒，可我们好歹还能抱着它，照张合影啊，这里的几维鸟连踪影都不见。

在我看来，这里或有忽悠顾客之嫌。

新西兰所独有的几维鸟，它们的大小像公鸡，因为翅膀退化，不会飞。它们的脚很大，跑得很快，以生活在森林里的昆虫和蠕虫为食。它们不靠视觉，鼻孔长在长嘴的末端，可以在黑暗中嗅出食物的位置。在夜里，几维鸟可能会在 60 个足球场那么大的区域中寻找食物。

几维鸟的羽毛尖尖的，一般是红棕色，相对于它们的体形，它们下的蛋较大，其重量是雌鸟体重的四分之一。

几维鸟是新西兰的国鸟，新西兰白人也自称"几维"。位于最南端的斯图尔特岛是新西兰的第三大岛，岛上有褐几维鸟。几维鸟大多是夜行鸟，只有褐几维鸟昼夜都很活跃，不过，它也怕人，远离人类。岛上的几维鸟比人多，估计有 2 万只左右。

7

毛利文化是波利尼西亚文化中最发达的一支，进取与勇敢是他们的价值观。可在不到一个世纪的殖民历史中，毛利文化随着部落的解体而迅速衰落，几近消亡。有人将其归咎于"二战"前后新西兰政府对毛利文化的钳制。自20世纪60年代以来政府斥巨资设立毛利文化研究机构，成立教育机构，努力推行种族多元文化，毛利语成了新西兰官方语言之一，毛利文化的地位因而得到显著提升。

毛利文化村最重要的地方是 Marae，可翻译成毛利会堂。我们在岛屿湾的

《怀唐伊条约》签订遗址也看到过形同底朝上的船的红色建筑。

会堂往往会与某个祖先同名，建筑上的雕刻是祖先的象征，如屋顶上的雕塑代表了他的头，屋脊代表了他的后背，椽代表了他的肋骨，庇护着子孙后代。会堂内部也有精美的雕刻。

毛利人过去没有书面语言，雕刻才是他们历史的传承物，每一个雕刻作品都有一个故事，只有懂得它的人才知晓其中的含义：头部的形状、身体的位置和表面图案结合在一起，用来记载重要事件。

曾任驻新西兰使馆政务参赞的郭贵芳在《自然天成：新西兰》中介绍说：

毛利人的迎宾礼节在世界上可谓独一无二，主人同客人行碰鼻礼，鼻尖对鼻尖，互碰三次。据毛利传说，神赋予人类以气息和生命，宾主交换鼻息，就成了自家人。还有一种古老的"挑战式"的迎宾仪式，主人方一个画了脸

毛利会堂内部

谱的勇士赤膊光足，身系草裙，手持长矛，边吆喝边向客人挥舞过来，向客人提出挑战，走近客人时，将一把短剑或一段树枝放到地上，客人应该把它拾起来恭敬奉还，以示为和平而来。

　　我看过当地拍的一部关于毛利文化的纪录片，勇士放在客人面前的是蕨叶，蕨是恐龙时代的植物，新西兰雨林里有129种蕨。那种蕨可能是银蕨，毛利人传说银蕨原本是生长在海洋里的，后被请到了森林，以它银光闪闪的叶片背面为毛利人和战士照亮穿越森林的路径。

　　不管是哪种蕨叶，都代表着和平。如果放在客人面前的是刀剑，那就麻烦了。

　　据说，能承受勇士在面前耀武扬威的客人是勇敢的。我在屏幕上看到的却是有点恍惚的游客被导游搀着，勉强走到勇士面前，将蕨叶拾起来。

　　哈卡舞是毛利人的传统舞蹈形式。

《怀唐伊条约》大厦附近的毛利会堂内景

在《库克船长日记："努力"号于 1768—1771 年的航行》中，有这样一段描述：

他们跳舞的时候总是像疯子一样，不停地跳啊踏啊，用身体的所有部位做出奇怪的扭曲动作，同时发出吓人的吼叫声。如果是在轻舟上表演这套舞蹈的话，他们会非常敏捷地朝不同方向挥舞船桨和"帕图帕图"，即使有很多船、很多人，他们也能保持相同的节拍和动作，那种协调一致简直到了令人吃惊的程度。他们每次攻击我们以前就是用这种舞蹈的方式鼓舞士气、进入状态的。所以，当我们初到一个地方时，他们自愿提出要给我们表演"嘿哇"这种节目的时候，我们分不清他们到底是在嘲笑我们还是真心欢迎我们，只有当表演结束后才知道。（商务印书馆，2013 年）

但是，库克船长似乎把新西兰的战舞和塔希提的娱乐项目混为了一谈。

现在战舞经常在会堂中表演，表演者吼叫的意思是"我们很可怕，尊重我们，别向我们挑战"。其实，不同的部落有不同的战舞，大多数讲的是一件往事。"全黑队"（新西兰国家橄榄球队）比赛前都会跳的战舞源自惠灵顿附近的一个毛利部落。它讲述的是一位著名的毛利酋长眼看要被敌人俘虏，成为敌人的嘴中肉时，当地人把他藏在保存食物的地窖里，盖上席子，让一位老妇坐在上面，酋长因此脱险。

我可能会死，我可能会死。我可能会生，我可能会生。
我可能会死，我可能会死。我可能会生，我可能会生。
凝视着这个毛发重的男子，

他让太阳重新闪耀。

迈前一步，再迈前一步，

太阳神的阳光永远照着我们。

全黑队的名字来源于队员黑色的运动衫，上衣上还印有银蕨的标志。全黑队的历史获胜记录曾达74%，一度让对手望而生畏。

罗托鲁亚的毛利人利用地热，将食物放进地洞内，然后埋上石头，把土豆之类的食物直接蒸熟，基本上不加任何调料。今天，品尝毛利大餐也是旅游项目之一。

没有地热，毛利餐照做不误。如毛利美食杭伊（Hangi）是将五香酱肉、酿馅猪肚、麦卢卡树蜂蜜卤鸡肉、整只乳羊和土豆等放在特制的烧锅内加大火煮两个小时，其间除了盐以外，不加水，也不加入任何调味料，力求保持食物的原汁原味。

8

19世纪90年代修建的罗托鲁亚政府花园（Government Gardens）是城市中不多的英式风格的建筑，最特别的是一排都铎式的建筑，它原来是1908年政府投资的温泉浴场，现在是罗托鲁亚博物馆（Rotorua Museum）。

从外观上看，这座建筑颇为耐人寻味。据专家介绍，这是一座都铎式建筑，却保留了伟岸高耸的哥特式塔楼。橘黄色屋瓦下方是陡坡式的山型木构造，登上阁楼，观者可从内部欣赏巨大的橡木屋顶。整座建筑物均采用铆钉或榫接的方式结合。白色外墙间以黑色的木头，它们并非是用来装饰的，而是构架外露的木头。

对于这一点，我以前的认识也很模糊。下面关于凸窗的学问，我更是第一次了解。

都铎式建筑还有另一个特点，就是对凸窗的运用。英伦三岛雨多雾大，日照时数十分短少，凸窗的设计加强了采光，另外也增加了室内空间与欣赏外部景观的视野。凸窗的内框以铸铁件分割成"格子"状，因为古时的技术还无法制造大面积的玻璃，所以创造了这一种使用小方块玻璃的独特样式。日后又发展出"维多利亚"窗户样式，把原来黑色的窗框改成白色窗框。今天新西兰的许多老房子都保存了这种特有的"凸窗"。

最令人难忘的是，建筑物地面以下全部被挖空，形成一个深约两米的地下世界，巷道纵横，柱石林立，管道错综复杂，甚至还有泥浆供客人疗病之用。一百多年前的工业水准与科学技术如此发达，确实令人难以想象。

从大堂弧形的实木楼梯步上二楼，从高大的窗户往外眺望，几何形的花园里草儿仍绿，花却凋残，烟雨朦胧间仍见地热蒸汽四处冒起，空气里弥漫着硫磺味，不远处的罗托鲁亚湖上，浮游着的天鹅身影点点，寒风中海鸥水鸟不倦地起落飞翔。

罗托鲁亚西侧有一家爱歌顿农场（Agrodome），时常举办各种山羊展览、牧羊犬表演，当然还有剪羊毛。这些活动很有娱乐性，尤其适合孩子。

罗托鲁亚以南4公里处有一片红树林，也叫法卡雷瓦雷瓦森林（Whakarewarewa Forest），森林内长着巨大的加利福尼亚红杉树。比起我们看到的原始森林，这里的人工森林很单调，虽然号称是氧吧，但我觉得意思不大。不过，这些人工森林很实用。

《澳新内幕》对此有段介绍：

罗托鲁亚博物馆

在新西兰林业方面有一种异国情调，因为许多种植园中种的的确是有异国情调的树木，它们是从国外移植进来的。在这些树木中，主要的是大约50年前从加利福尼亚州移来的"拉迪塔"松，此外还有美国黄松、科西嘉松、滨海松及道格拉斯红杉。在大萧条年代里，当局雇佣那些面临失业的人大量种植这些树木。有新西兰那样的土壤，再加上有新西兰那样的降雨量，这些来自异国的树木生长的速度要比在它们的本国快一倍。由于新西兰林业局的精心管理，"拉迪塔"松刚种植40年，其高度就达125英尺，直径达38英寸。天然林占地面积十倍于人造林，但是外国移来的树长得极快，所产木材要占全国木材产量的一半以上。新西兰的人造林是世界上最大的。（上海译文出版社，1979年）

那当然是20世纪60年代的事。不过，新西兰人造林的环境之优越还是世界上数一数二的。

第八章

奥克兰

1

奥克兰要比我想象中的国际化，尤其是市中心的天空塔（Sky Tower），天空塔于 1997 年建成，高 328 米，是南半球最高的建筑物。天空塔的建材是钢铁与混凝土，与上海的东方明珠塔区别不大，塔里有赌场、餐厅和咖啡厅，附属建筑还有宾馆等。

我们在奥克兰时正值中国春节，天空塔也是张灯结彩，一片红色。大堂里有文艺演出，如狮舞和杂技，看到洋人摆弄杂技，总会忍俊不禁。

晚上，不仅天空塔自身构成了奥克兰的夜景，我们在天空塔的旋转餐厅里也能 360 度鸟瞰奥克兰的全景。作为游客，我觉得美不胜收。

我们两次登上天空塔都是去吃饭，第一次是在 ORBIT 旋转餐厅，菜肴的味道一般。类似的垄断机构开的餐厅，质量通常不会好。

第二次是在提前预定的 The Sugar Club，它的前台接待在 ORBIT 对面，第一次去天空塔时没想到它是一间餐厅。《死前必吃的 1001 家餐厅》中有 6 家奥克兰餐厅上榜，其中一家就是 The Sugar Club。

The Sugar Club 也位于天空塔的高层，虽然不能旋转，但是有美景也有美食。我们吃的是主厨推荐的套餐，吃得酣畅淋漓。餐厅有个主厨助理，是华裔姑娘，我们聊了起来，她曾在我国台湾和香港生活过，最后还是选择在奥克兰工作。她介绍说这家主厨吸取了世界各地饮食的精华，混搭出自己的风格。我告诉她，我来奥克兰之前，根本没想到这里的饮食水准如此之高，她说也就是这十几年，奥克兰美食才发生了变化。

这位姑娘真是热心，我请她推荐几款新西兰葡萄酒带回中国。她马上去查了几款酒的名单，抄写给我，而且是机场免税店有的，这样可以直接带上飞机。

我没记错的话，这位主厨在其他地方还有餐厅，有一家就在天空塔旁

奥克兰天空塔

的建筑里，是西班牙小吃，店名就是西班牙最著名的火腿——Bellota。我们2014年的春节就是在西班牙度过的，对那里的小吃难以忘怀。于是，第二天晚上就去了这家餐厅。

Bellota 的火腿自然不错，可我们更喜欢这家店的羊肉。我们平日很少碰羊肉，因为容易上火，不过，这里的羊肉又嫩又没膻味，味道甜甜的。如果坐在露天餐台，听着吉他手的歌声，感觉真是欢快。

Bellota 的斜对面也有一家上榜餐厅，名叫 Depot Eatery & Oyster Bar，由新西兰名厨 Al Brown 经营。他是土生土长的"几维"，"他掌厨的菜肴足以体现出他对这片土地的热爱。这里的菜肴或许不像一些高档餐厅一样追求完美的艺术性，但你可以吃到最新鲜的生蚝和蛤蜊，这里最受欢迎的菜肴以鱼为主"。

这里的蛤蜊比一般的要大一倍左右，照样鲜嫩无比，而且有几种做法。我们第一次是在饭点时去的，等了一个多小时。第二次，我们从岛屿湾回来，在天空塔下车，只有4点多，看见这家店正好有空位，赶紧再去吃一次。这家店全天开业，除午餐和晚餐之外，还供应简单的早餐和咖啡。

2

天空塔附近的皇后街（Queen St.）是奥克兰主街，从渡轮终点站往山上延伸至卡朗加黑皮路（Karangahape Road）。《美国国家地理学会旅行家丛书：新西兰》介绍说：皇后街"素有'金色大道'（Golden Mile）之称，其实它更像'衰老大道'（Olden Mile），这里曾经矗立着高楼大厦，现在则挤满了破旧的快餐店和零食店"。

因此我对皇后街的期待值很低，可走在皇后街上，感觉还是蛮亲切的。

我看不至于那么破旧，行人也不少。

我这次去奥克兰，住了多个晚上，所以订了两家酒店。赫里蒂奇酒店（Heritage Auckland）原来是一家百货商店，还是蛮干净的，它离天空塔很近。另一家斯坦福德酒店（Stamford Auckland）更好，虽然离天空塔稍微远些，它的特点是有套房，住起来很舒适。唯一的遗憾是这两家酒店都不提供免费WiFi，有点吝啬啊。

说起快餐店，斯坦福德酒店对面就有一家日本面店，味道很正宗。天空塔附近有一些感觉很一般的小餐馆，特别是中餐厅，我们一眼就能识别。

天空塔离港口很近，步行不久就能到达。轮渡大楼（Ferry Building）是爱德华时期的建筑风格，值得一看的是弧形的帆式屋顶和烟囱式的角楼。

从这里，我们可以搭乘轮渡前往德文波特（Devonport Island）和怀希基岛（Waiheke Island）等岛屿。

马斯登码头（Marsden Wharf）在轮渡大楼（Ferry Building）附近，1985年7月10日，非政府环保组织的三桅帆船"彩虹勇士"号停泊在马斯登码头，准备次日启程前往塔希提附近的法属穆鲁罗瓦环礁，抗议法国在此进行核试验。

7月10日晚11时38分，"彩虹勇士"引擎舱发生爆炸，船体被炸出一个大洞，海水进入船舱，船长命令撤离。摄影师佩雷拉在抢运摄影器材时，第二枚炸弹爆炸，他不幸身亡。

两天后，新西兰警方在机场拘捕了一对持瑞士护照的法国夫妇（假扮），经审讯，他们承认安放了炸弹。这两名属于法国海外安全总局情报中心的特工被判处10年监禁。对此，法国政府威胁将禁止新西兰的所有产品出口运往欧共体。双方最后达成妥协，法国向新西兰和绿色和平组织支付赔偿金，而两名特工被释放。

最初，法国总统密特朗否认政府参与犯罪，但因法国《世界报》揭露，总统不得不罢免了国防部长和对外安全局长拉柯斯特。后来，又是《世界报》报道，密特朗亲自授权组织了这次行动。

我过去关注过"彩虹勇士"号事件，没想到与马斯登码头不期而遇，大概现在已没有几个人去琢磨这事了吧。

3

高架桥港（Viaduct Harbour）停泊着密密麻麻的帆船。奥克兰有"帆船之都"的美誉，天气好的时候，附近的大海上到处是帆船。奥克兰是世界上人均游艇拥有量最多的城市，约有 7 万艘，四分之一的家庭拥有某种类型的船。我这次去奥克兰，最后悔的一件事是没有坐帆船出海，这种体验一定很棒！

2000 年和 2003 年在高架桥港举行过知名的美洲杯帆船比赛。我们可能对美洲杯很陌生，可在新西兰人的眼里，那可是盛大的赛事。

自 1851 年起，美洲杯一直是美国人夺冠，直到 1983 年澳大利亚勇夺美洲杯后，新西兰人也对奖杯跃跃欲试。1995 年，新西兰"黑色魔术"队继澳大利亚之后赢得奖杯，成为第二个夺冠的非美洲国家。新西兰举国欢腾，帆船队长布莱克爵士和康茨被奉为英雄，布莱克的幸运红袜还被当成了新西兰成就的标志。

2000 年，新西兰成功卫冕。但不幸的是，随之的内讧、设备故障和失望情绪使他们的辉煌不再。

美洲杯让这个国家既心暖又心碎。

现在的高架桥港还是蛮时尚的，在"美洲杯村"里还有一些先锋建筑。

天气爽朗，我躺在公共的躺椅上晒着太阳，生活真是美好。

我们来这里是想去奥克兰鱼货市场吃一顿海鲜大餐，我每到一个大城市，都喜欢去生鲜市场，尝尝当地人的风味。但奥克兰鱼货市场没有我想象中那般热闹，有点像超市，外面院子挺大，吃客倒也不少。

我们在奥克兰的另一个时尚所在帕内尔村（Parnell Village）也吃了一顿海鲜，这里曾是奥克兰最古老的住宅区，20 世纪 60 年代早期，一位名叫勒斯·哈维（Les Harvey）的人发现了帕内尔村破旧失修的商店和房子的潜在价值，于是出钱买下，装修设计后出租。现在，这些建于 19 世纪后半叶的木制别墅已经成为古董店、服装设计店、咖啡馆和餐厅。

我们逛了几家店，东西挺精美的，可是没有买的欲望。我们选的海鲜餐厅是在院子里，对面就是一家画廊，展出的是表现岛屿等风景的作品，画得不错，但价格似乎贵了些。

我们边看着绘画和庭院里的花木，边吃海鲜。这时，微信有消息提醒，原来，与我同行的朋友一家为了回去过春节，决定提前归去。他在回程中又碰到一位朋友，他们都说新西兰青口是多么的肥硕可口。我想到自己也快离开新西兰了，于是又让老板娘上了一盘生蚝和青口，吃个够。

绿唇青口是新西兰特有的贝类，大多是人工养殖的，其外壳为鲜绿色，唇边也是绿色的，肉质细嫩饱满，大而多汁，价格非常实惠。

4

奥克兰西部的黑沙滩很受欢迎，其中最著名的是皮哈海滩（Piha Beach），它离奥克兰约 40 公里，是冲浪者的天堂。我们到奥克兰的第二天就去了，可惜天公不作美，是阴天，虽然仍能感受到皮哈海浪的气势，可没有光影的配合，海滩要失色得多。

其实，如果是阴天，去博物馆等人文景观更好。我没有经验，后来就明白了，海滩这种地方必须是大晴天去，否则会很失望。

还有，最好不要选择周末去海滩。有个周末，我们去了奥克兰市区中心往东6公里的使命湾（Misson Bay），应该算是富人区。可是我到了海滩上，发现到处是人，绝不亚于周末的上海公园。我第一次觉得新西兰人还真多。我已经习惯新西兰没有几个人的海滩了，于是离开了使命湾。

还好使命湾旁边有一座小山，上面有一大片草坪，安静舒适。奥克兰共有48座类似的死火山喷发口，最有名的是伊甸山和独树山，一个最高，一个最大。奥克兰战争纪念博物馆也建在高岗之上，站在这些死火山上，都能俯瞰奥克兰的市容。

14世纪，毛利人开始在火山上定居并利用这里肥沃的土壤。16世纪，毛利人清除这里的火山石，建成园地，修建梯田，将火山锥作为要塞使用，伊甸山和独树山上都有毛利人复杂的工程。

根据毛利传说，居住在奥克兰西部的怀塔凯里山脉（Waitakere Ranges）和东部的胡努阿山脉（Hunua Ranges）的部落之间曾发生大规模战争，一名胡努阿神职人员呼唤太阳早点升起，敌人被阳光刺得睁不开眼睛，落荒而逃。胡努阿武士乘胜追击，但怀塔凯里的巫师则祈祷地面爆炸，形成奥克兰火山，于是火山岩阻挡了敌人的进攻。

这里也能看出奥克兰火山锥的火药味，早在库克船长第一次来新西兰，就已经敏锐地观察到毛利人比塔希提人好战，他们喜欢英国人的枪炮，想与英国人交易武器。19世纪早期，北岛的纳普希族人（Ngapuhi）率先获得欧洲人的火枪，在首领洪吉希加（Hongi Hika）的带领下，他们突袭南方，血洗了那些没有火枪的部落。被袭的部落获得火枪后，把纳普希族人赶走，反过来又袭击更南边的部族，史称"火枪战争"，大约2万名毛利人因此丧生。最后，因为各部落都拥有火枪，力量均衡，战争逐渐平息。

尽管有这么多的死火山，奥克兰仍然处于活火山区。奥克兰最近一次的火山喷发是在约600年前。1440年，朗伊托托岛（Rangitoto Island）从海底拔地而起，火山喷吐的岩浆量比奥克兰所有火山吐出的岩浆总和还要多。朗伊托托的字面意思是"血红的天空"，让人联想到火山喷发形成该岛的情形，它其实指的是14世纪在战斗中流血牺牲的一位酋长。从奥克兰的很多地方都能看见朗伊托托，岛的直径约5公里，山麓的平原左右对称延伸，从远处看，就像是打击乐器中的钹平卧在海面上。从奥克兰坐25分钟轮渡就可以到达。

在地震和火山方面，新西兰总会让我想起日本。

奥克兰西海岸皮哈海滩

5

从奥克兰的轮渡大楼坐船约 10 分钟就能抵达德文波特，不知怎的，我觉得这个名字译得很漂亮。这里是英国人开始在奥克兰殖民的地方，保留了大量维多利亚风格的建筑。德文波特有一座维多利亚山，可以隔海观望奥克兰市区景象，很是壮观。

不过，我印象最深的是几乎所有的旅游指南都没有提到的德文波特主街上的书店和图书馆。德文波特的人口不多，却并排有两家书店，而且有不少人在买书和看书。

其中一家的店堂布置得古色古香，深得我心。我孩子特意挑了一本旧书买下，作为纪念。

其实，在新西兰一路上走来，到处可以看见书店，尤其是几个休息站。我也发现有旧书店，其中有不少关于新西兰历史的书籍，可惜我已经买了不少当地的各种资讯指南，只能翻翻而已。

德文波特的装饰艺术钟楼

德文波特的书店

我过去一直认为新西兰是个缺乏文化传统的地方，可从老旧的书店散发的书香味，我感受到"几维"把自己祖籍国热爱读书的习惯保持了下来。

6

我们坐轮渡花了约 35 分钟，到怀希基岛玩了一整天。

从空中看去，整个怀希基岛几乎都是丘陵，平地很少，这是地质活动造成的。历经亿万年而形成的褶皱，在今天南北走向的丘陵地形上依然隐约可见。经过长期的风化分解，岩石变成了富含矿物质的黏土。特殊的地形与温度、气候、光照，孕育了这片适合种植葡萄的特定区域，岛上建有多个葡萄酒庄园。地质与文物考古都只能观看或触摸，唯独品酒，尤其是在怀希基岛品葡萄酒，可以品味到一亿年的地质历史。因此怀希基岛也被称为"诗与酒的梦乡"。

对于怀希基岛的时代变迁，孤独星球编的《新西兰》引用了新西兰一位女演员的感叹：

30年前，怀希基居住的都是些非主流人群，包括嬉皮士、遁世者、非主流医生和作家、陶艺人和盆栽人等处于夹缝中的人，他们无法（或主动逃离）过正常的社会生活。上世纪80年代末，怀希基重新被"发现"，到现在，这里已发生了很大的变化，有了高档餐厅、葡萄酒庄和豪华的度假村。但无论如何变迁，怀希基的特色与精神却依然故我，无以替代。怡人的气候还是那么怡人，美丽的景色还是那么美丽。郁郁葱葱的灌木、当地的鸟儿以及邻家院子里的鸡，这一切都好像是在慢动作中前进（我们称其为"怀希基时间"）。这里还有金银花的香味、水晶般清澈的海水、你能吃到的最棒的炸鱼薯条。我出生于此的房子至今仍有些盆栽。怀希基依然是以前的怀希基，是一个与这个星球上任何其他地方都不一样的地方。

1993年的时候，我还不知道新西兰有南岛和北岛，却已经对怀希基岛略有了解。因为1993年10月8日，著名的朦胧派诗人顾城与他的妻子谢烨就是在这里（当时国内翻译成"激流岛"）身亡的。37岁的顾城先用一柄斧头砍杀了35岁的谢烨，然后在一棵树上自缢。

1988年，顾城前往奥克兰大学讲授中国古典文学，没多久他就带着谢烨隐居怀希基岛。

顾城是个对情感极端依赖的人，他的自我了断是个悲剧，但他首先杀了妻子，是个冷酷的谋杀犯。我们不能因为他的诗歌里经常闪现着童心和善良，就含糊其辞。诗如其人是个很笼统的判断，与靠占星术和血型来分析人的命运一样，似是而非。

在我看来，顾城是个可耻的人，尽管我曾很喜欢他的诗歌。

2005 年，有人来怀希基岛走访顾城的故居。两层的楼房，木结构，房子外墙褐红色的油漆已经斑驳，年久失修，破败不堪。"房子的四周灌木和杂草丛生，让人难以接近，但从陡坡朝上望，从紧闭的玻璃窗可以看见耷拉着的旧窗帘布。"一辆残破的汽车将原先的路给挡住了，据说是顾城用过的。

从顾城家的露台望出去，可以看见海湾，风景优美。

7

我们借着美景，请当地的朋友帮忙预订，参观了岛上的三个酒庄。

第一个是 Mudbrick Vineyard。它是三个酒庄中风景最优美的，可以看到海湾，往山上走，还有牧场的情调。可惜座位早就被人预订一空，我们只能站着品酒。

第二个是 Peacock Sky Vineyard。葡萄园里的风景一般，我们在这里吃了午餐。品酒的地方比较考究，游客能从容地琢磨。

第三个是 Cable Bay Vineyard。这家酒庄风景不错，声称可以参观酒庄，其实只不过带我们去葡萄园旁站了一会儿，做了简单介绍，然后到地窖里请我们品酒。

前两家酒庄以红葡萄酒为主，最后一家推荐的是白葡萄酒。

不过，最后一家酒庄的收费极不合理，有欺客之嫌。

对于一般人来说，参观三个酒庄有些多了，因为每个酒庄至少要品五种以上的酒，等到了第三家的时候，早已不胜酒力。我坚持把酒品完，但最后也是意兴阑珊。

我在第二家品尝了一瓶不错的酒，买了一瓶送给当地的朋友外，自己也留了一瓶。由于要到处游走，没法带，最后也送朋友了。

旅途中经常换酒店，买的酒当天必须喝掉。我又有每天晚上喝葡萄酒的习惯，17天的新西兰游，倒是喝了不少好酒。

1819年，新西兰才有了第一棵葡萄树，那是传教士在北岛栽种的。20年后，英国官员，也是葡萄栽培的爱好者巴斯比（James Busby）成为新西兰酿造葡萄酒第一人。20世纪70年代，新西兰现代酿酒业真正兴起，1985年，在一次重要的国际品酒会上，新西兰的长相思葡萄酒以其清爽与醇香赢得了英国评酒家的关注。从此，人们开始喜欢上了新西兰的葡萄酒。

新西兰的国土狭长，气候和土壤多样，适合不同的葡萄生长。在南岛的葡萄酒重镇马尔堡，长相思最佳；赤霞珠等深色葡萄适宜在较温暖的奥克兰种植；黑比诺是新西兰种植量最大的葡萄品种；霞多丽在大部分地区都可以栽种，但在马尔堡等地最好。

我偏爱新西兰的黑比诺，它的性价比极高。总体上，新西兰葡萄酒的口味偏淡。我有一个朋友是美食家，他很好奇新西兰的酒和饮食的口味为何都偏淡。我在微信上咨询了新西兰的朋友，也没有答案。

2014年，位于霍克斯湾的鹊趣酒庄（Squawking Magpie）凭借其品种梅洛（MeHot）获得葡萄酒大赛的冠军，其特色是浓郁丝滑、口味丰富（樱桃果酱味、巧克力香、熏烤面包香）。

8

中文微信平台"发现新西兰"的专栏作者小瓯写过一篇《新西兰的葡萄酒怎么样》，他对当地葡萄酒的认识别具一格。

新西兰的葡萄酒有以下优点：

纯净、果香浓郁。新西兰酒的最大特色就是它的天然果香。

家庭型、非商业化。家庭型小酒庄的年产量少于 2000 瓶，庄园主们都是出于兴趣和激情而酿酒。

创新、现代技术。如不锈钢桶、螺旋塞和低温发酵陈酿。新西兰的葡萄酒绝大多数用的是螺旋盖，可以更有效地保持葡萄酒的果香风味，并让其不受 TCA 污染（100 瓶木塞装的葡萄酒中就有 5 瓶因为 TCA 污染而变成臭湿袜子味，无法入口）。所以，如今许多价格昂贵的葡萄酒都换成了螺旋盖，一来好保存（不像木塞容易霉变和被氧化），二来能更好地保留果香。我在其他国家，每次在酒店喝葡萄酒，最大的困难是开瓶。而在新西兰，随手一拧螺旋盖，真是方便。开有木塞的葡萄酒必须小心翼翼，因为有的木塞质量不好，容易碎裂。一旦碎裂，一瓶好酒就泡汤了。

葡萄酒种类多元化。新西兰是移民国家，超过 80% 的人口来自欧洲，所以意大利、法国和西班牙等国的葡萄酒种类在新西兰应有尽有。再加上和波尔多相似的海洋性气候和遍地的葡萄园，什么葡萄都能在此生长。

白葡萄酒当道。新西兰气候凉爽，是白葡萄酒圣地，如长相思、黑比诺和产量较少的维欧尼。

惊艳黑比诺。唯一能与勃艮地黑比诺相抗衡的就是新西兰黑比诺，据说在盲品比赛中，200 美元的新西兰黑比诺打败了 7000 美元的勃艮地黑比诺。而一般勃艮地的售价是几百美元，新西兰的却只有几十美元。

新西兰的香槟酒品质极高，比法国香槟更能体现葡萄的果香。

高性价比、未被炒作。新西兰的葡萄酒品质属上乘，价格却停留在中档。

不过，新西兰葡萄酒也有如下缺憾：

缺乏旧世界的历史沉淀，不言而喻。

无等级管制。以法国为代表的旧世界，上至葡萄酒的种类，下至产量销售渠道，有严格的等级划分，易于消费者区分高中下档次。而在新西兰和新世界葡萄酒国家，消费者或进口商对酒的好坏无标准划分。

风土特色尚待开发。不同于法国每隔几十米就会呈现不同的葡萄酒风格，新西兰葡萄酒存在产区不明显的弊端。比如马尔堡的长相思，同一年份的不同酒庄，却很难喝出区别来。

缺乏宣传。新西兰葡萄酒的宣传力度远远不及其乳制品和旅游业。

品质酒产量低，没法满足市场需求。

新西兰葡萄酒平均出口价格几乎比其他任何国家都高。

精品酒庄如何生存？由于非商业化操作，许多家庭酒庄都面临转型或倒闭。

9

曾陪同我一起走读京都的日本朋友奥田也是个美食家，不管是去世界的哪个地方，他首先要问，那里有什么好吃的？如果有好吃的，他就会去。

我从新西兰回到上海后，他又在微信上问我："新西兰是看大自然的地方，有什么好吃的吗？"

我一时间不知道该如何与他交流自己复杂的感受，只能回答："海鲜。"

奥田看了后说："海鲜？啊……是的是的。周围都是大海啊。"

奥田先生是不是想起了自己的国家？

其实我想说的是，新西兰除了拥有美味鲜嫩的海鲜、品种丰富的葡萄酒，还有其他一流的美食值得期待！

这个国家的变化比我们想象的更快。

后记

1

我找了几本居住在新西兰的华人写的书籍，想看看他们是如何观察这个国家的。

一本是《我在新西兰当"地主"》，作者鹿玲原来在国内是做媒体的，2003 年前后与丈夫一起来到新西兰，在离奥克兰市中心 20 分钟车程的地方买了 30 多亩地的农场，做起了农场主。她讲了不少故事，引人入胜。

还有一本是《天堂熬客：新西兰移民监亲历 200 天》，这本书就更有趣了。作者金桥的矛盾心理很有意思。

我是通过朋友在微信上认识金桥的。金桥毕业于北京大学经济学院，后来做过证券媒体记者，也干过投资，2012 年年初移民奥克兰。金桥与农场主鹿玲不同，他与奥克兰有些格格不入，他精打细算地盘算当地的各种成本和不尽人意处，对新西兰"天堂"颇有看法。

我要去奥克兰，希望他推荐几家餐馆，可他说自己几乎不上西餐馆，更是难得去市中心。他觉得新西兰很多餐馆有滥竽充数之嫌，好吃的不多。

2

像鹿玲和金桥这样的人为什么移民新西兰呢？理由无非是教育和环境问题。

这其实也是我们所有中国人，至少是中产阶级最担忧的事情，不必多说。

问题是一个在国内生活了半辈子的人到了新西兰这块土地，能适应吗？或者说值得吗？

应该承认，像新西兰这种地方，与中国相比，是没有什么机会的。

鹿玲是个例子，人家铁了心做新西兰的"农场主"，自得其乐。还有就是我东莞的朋友，他跑到奥克兰，娶了一个华人太太，自己为洋人打工。他的太太是新西兰土生土长的华人，有姐姐和妹妹，姐姐和父亲一起开饭店，妹妹是一家电力公司的研究员。他太太是很传统的华人，贤惠持家。太太的妹妹与姐姐的打扮和生活方式区别较大，前者曾在奥克兰大学念书，应该是家境已经富裕了吧。我和她聊过，她可以说中文，但恐怕听力方面有些差。当然，他们家族都是用广东话交流的。

这位东莞的朋友很朴素，他也承认不习惯奥克兰的冬天，但基本上是在这里扎根了。

因为我与金桥不是很熟，不知道他为何移民新西兰？我原本以为他来之前并不是很熟悉新西兰，最多只是走马观花地旅游过。可我后来仔细读他的书，发现他说过10年前曾在基督城住过很长一段时间，说明他对新西兰是有认识的。毋庸置疑，奥克兰是新西兰最开放的城市，而且这十年变化很大，金桥不应该如此"煎熬"。这只能说，金桥像很多国人一样，被一些现实问题所裹挟，随波逐流，移民了。但来了之后，发现事情没那么简单，有些迷茫和后悔，想回去了。

金桥写《天堂熬客》首先是写给自己的，他在整理思路，权衡利弊。

我在皇后镇遇到一个司机，他是湖南人，20世纪90年代初来到新西兰。他当时觉得外面的世界一定比国内好，恰好又认识一位能办移民的朋友，于是把家里的房子卖了，带着全家跑到新西兰。到了新西兰后傻眼了，这里没有朋友，也没有什么工作机会。想回去，房子卖了，工作也辞了，回不去了，只能在新西兰苦熬。现在也就来回接团做做司机，算是一个小老板吧。

陪我们去岛屿湾的导游姓高，他是我在新西兰遇见的最好的老导游。高导未必是水平最高的，可他很负责任，不耍滑，没有很多导游的不良习气。他也是20世纪90年代初移民到新西兰的，当时老高是一个公务员，他说他来新西兰纯属偶然，当时一帮想移民新西兰的朋友去听有关讲座，把他也拉上了。他糊里糊涂地交了申请表格，然后去面试。他认为自己的英语差，不会被批准，也就应付了考官几句，没想到居然通过了。他得知通过后，在马路边的椅子上想了很久，然后告知妻子，他们是不是应该去新西兰？

后来想想，他们也就来了。有趣的是，那帮起劲捣鼓去新西兰的朋友，最后一个也没和老高同行。

老高说，来到新西兰后，还算不错。新西兰有很多热心的老太太，她们帮助老高和家人适应这里的生活，比如如何办理银行业务。

老高一家最终留了下来。他说自己来新西兰时也无所事事，毕竟在国内的时候也有些本钱，可后来觉得还是应该出来做点事情。老高现在做导游兼司机，我看他真是很平和。我请他带我们去卡瓦卡瓦艺术厕所，这是旅行社项目中没有的内容，他二话不说，就答应了。

整个旅程，我没有听他说过一句过分的话，也没有说过一句讨好卖乖的话。

3

有一位 2000 年前后来到新西兰的中国人告诉我，他们一起来的一批人，很多在 2005 年和 2006 年回了国，那可是在中国发展事业最有机会的时候。2008 年后，中国人又开始向新西兰移民了，2014 年达到高潮，国内环境和教育问题，让不少中产阶级再次往外迁徙。

有一位"80 后"的作者说自己和先生都是北京人，还没结婚父母就给准备了房子，结婚后有了车子、孩子和足够日常开销的钱。但她觉得在领导面前活得没有尊严；而丈夫在公司加班再加班、出差再出差，被工作给榨干了。

他们曾想移居三亚，但考虑到孩子的教育，最终决定移民海外。当时，她虽然读到了硕士，但真心觉得自己是教育的牺牲品，学习被父母当成一种改变命运的功利手段，玩耍被视为填鸭式教育的大敌，口口声声说减负，却是越减负担越重。

她在办理移民的时候说："我相信我们的国家会越来越好，但我等不到了。我承认我是自私的，人生短短几十年，在一个国家的发展史中绝对不算什么，却是我们这一辈子的全部。大环境我改变不了，我能做的除了换个大环境还能干什么呢？我不想离开，我也恐惧未知的未来，但比起留在这里已知的未来，未知还能带给我一线希望。所以我决定离开了，不舍，但别无选择。"

这位女士可能没想到的是，就在她出生的那个年代，许多人也抱着这个想法离开了故土。那时的理由很简单，自己的国家太穷了。

20世纪80年代中后期到90年代中后期，一些人想尽办法离开中国。我在80年代末首先遭遇的是上海人到日本打工潮，因为日本与上海的工资水平差距太大，男人去，女人也要去，甚至妻子离开丈夫去。当时留下了很多故事，可惜今天上海人很少去述说。最后，大部分上海人都回来了，赚到大钱的很少。少部分人留在日本，可在日本也就小康。从今天看，一般而言，没去日本的上海人要比那些在日本的上海人过得好。

还有更大一波的移民潮是往欧美跑。一些是留学出国，一些是亲戚在外，还有一些是和外国人结了婚。我不排除有因感情而结婚的人，可更多的还是为了活得更好。未必是用钱买婚姻，只要有个身份和对未来的憧憬就够了。有些人虽然功利，但还算成功地在外面成了家。

那些留学生当时大部分没回来，他们在海外有了自己的房子、孩子和车子，过上了梦寐以求的中产阶级生活。但在2000年后，当他们突然发现留在中国的人比他们拥有的更多，是有些失落的。

当他们看到国内的人为教育而焦虑时，内心是五味杂陈的，虽然看上去是深表同情，这是人性。就好比你没买一只股票，整整错失了一波让你巨富的行情，突然这家公司的基本面出了一些问题，股价跌了些，你一定松了一口气。人性中的攀比、失落和嫉妒是难免的。

也许在未来，我们可以选择自己所喜欢的国家，却不再是因为那些千篇一律的理由。

那时，我们回过头来看我们的国家，会发现她很美丽，也有天堂般的景色。因为它是我们的故土，从情感上看，定然比新西兰更像天堂。

参考书目

1. 杨敬强：《新西兰·红白蓝》，中国青年出版社，2010 年。

2. 彼德·特纳、科林·蒙提斯：《美国国家地理学会旅行家丛书：新西兰》，黄淳、郭慧译，旅游教育出版社，2010 年。

3. 彼得·奥特利：《文化震撼之旅：新西兰》，李学兵、马辉译，旅游教育出版社，2009 年。

4. Fodor's 编写组编：《新西兰》，陈福明、唐娜等译，电子工业出版社，2013 年。

5.《畅游世界》编辑部编著：《畅游新西兰》，中国轻工业出版社，2014 年。

6. 谢宏：《你不知道新西兰有多慢》，黑龙江教育出版社，2013 年。

7. 郭贵芳：《自然天成：新西兰》，上海锦绣文章出版社，2010 年。

8. 鹿玲：《我在新西兰当"地主"》，中央广播电视大学出版社，2014 年。

9. 沃尔夫刚·贝林格：《气候的文明史》，史军译，社会科学文献出版社，2012 年。

10. 安吉拉·艾朵斯：《国家公园》，杨林玉译，中国大百科全书出版社，2009 年。

11. 金桥：《天堂熬客：新西兰移民监亲历200天》，机械工业出版社，2014 年。

12. 墨刻编辑部：《新西兰玩全攻略》，人民邮电出版社，2014 年。

13. 英国《AA 旅游指南》编辑部编：《新西兰》，江美娜、张积模译，青岛出版社，2009 年。

14. 德国朗氏出版集团 APA 出版有限公司编著：《Insight 旅行指南：新西兰》，许可译，人民邮电出版社，2014 年。

15. 日本大宝石出版社编：《新西兰》，陈晓光、于明华译，中国旅游出版社，2014 年。

16. 澳大利亚孤独星球编：《新西兰》，马莹莹等译，中国地图出版社，2014 年。

17. 菲利帕·梅因·史密斯：《新西兰史》，傅有强译，商务印书馆，2009 年。

18. 罗伯特·库珀：《消失的冰川》，李楠译，广东教育出版社，2012 年。

19. 詹姆斯·库克：《库克船长日记："努力"号于 1768—1771 年的航行》，刘秉仁译，商务印书馆，2013 年。

20. 罗宾·斯卡格尔：《星空》，崔石竹译，科学普及出版社，2013 年。

21. 渡部润一监修：《星座之美》，郑敏译，南海出版公司，2014 年。

22. Carl Proujan：《走进大洋洲与南极洲》，韩乐译，外语教学与研究出版社，2007 年。

23. 阿尼塔·加纳利：《大洋洲最神奇的动物》，江婷译，湖北美术出版社，2011 年。

24. 约翰·根室：《澳新内幕》，符良琼译，上海译文出版社，1979 年。

25. 布莱克：《托尔金：用一生锻造"魔戒"》，鲍德旺、高黎译，大连理工大学出版社，2008 年。

26. Steve Theunissen：《新西兰的毛利人》，梁婧扬译，中国水利水电出版社，2005 年。

27. Cathie Plowman & David Merritt, *Living Lights: The Glowworms of Australia*

and New Zealand, Cathie Plowman, 2013.

28. Stephen Picard, *Waiheke Island*, RSVP publishing, 2005.

29. Denis Robinson, *Artists' Impressions of New Zealand*, New Holland (NZ) LTD., 2011.

30. A.W. Reed, *Maori Myths and Legendary Tales*, New Holland (NZ) LTD., 1999.

31. Rob Suisted, *Historic Places of New Zealand*, New Holland (NZ) LTD., 2014.

32. Craig Potton, *New Zealand North and South*, Craig Potton Publishing, 2013.

33. Pete Seager & Deb Donnel, *Responders: Christchurch Earthquake*, KESWiN Publishing Ltd., 2014.

34. Peter Morath, *Aoraki/Mount Cook with the Canterbury Lakes*, CAXTON, 2014.

35. Peter Janssen, *Touring the Natural Wonders of New Zealand*, New Holland (NZ) LTD., 2007.

36. Warren Jacobs & John Malcolm Wilson, *The Beauty of New Zealand*, New Holland (NZ) LTD., 1999.

37. *The Best of New Zealand*(DVD), Big Fish Productions, 2010.

38. *Maori Culture and Traditions*(DVD), Big Fish Productions, 2010.

39. Denise Hunter, *Christchurch Botanical Gardens*, CAXTON, 2013.

40. Peter Morath, *Queenstown & Wanaka with Arrowtown, Cromwell, Alexandra and Milford Sound*, CAXTON, 2014.

41. Claudia Orange, *The Story of a Treaty*, Bridget Williams Books, 2013.

42. Don Stafford, *Introducing Maori Culture*, Penguin Group, 2008.

43. Peter Alsop, *Selling The Dream: The Art of Early New Zealand Tourism*, Craig Potton Publishing, 2015.

44. David Relph, *The Mackenzie Country: A Fine Plain Behind the Snowy Range*, David Ling Publishing Limited, 2010.

45. Jenny Linford, *1001 Restaurants You Must Experience Before You Die*, Michael Whiteman B.E.S. Publishing, 2014.

46. Joe Bennett, *A Land of Two Halves*, SCRIBNER, 2005.

图书在版编目（CIP）数据

趣味新西兰 / 张志雄著 . -- 上海：上海文化出版社 , 2022.10
（志雄走读）
ISBN 978-7-5535-2438-2

Ⅰ . ①趣… Ⅱ . ①张… Ⅲ . ①游记 – 新西兰 Ⅳ . ① K961.29

中国版本图书馆 CIP 数据核字 (2021) 第 249932 号

出 版 人：姜逸青
责任编辑：赵　静
特约编辑：周　艳　萧　亮
装帧设计：[法] Valerie Barrelet

书　　名：趣味新西兰
著　　者：张志雄
出　　版：上海世纪出版集团 上海文化出版社
地　　址：上海市闵行区号景路 159 弄 A 座 3 楼 201101
发　　行：上海文艺出版社发行中心 www.ewen.co
　　　　　上海市闵行区号景路 159 弄 A 座 2 楼 201101
印　　刷：鸿博昊天科技有限公司
开　　本：710mm×1000mm 1/16
印　　张：12.5
版　　次：2022 年 12 月第 1 版 2022 年 12 月第 1 次印刷
书　　号：ISBN 978-7-5535-2438-2/I.942
定　　价：86.00 元

如发现本书有印装质量问题请联系印刷厂质量科 电话：010-87563888